# 내일은 내일에게

# 내일은 내일에게

김선영
장편소설

특별한서재

숨이 막힐때

주문처럼

내일은 내일에게

# 차례

# 저지대 아이들

그 집은 몇 년 동안 비어 있었다. 요즘 유행하는 조망권으로 치면 이 동네에서 최고 자리인 리버뷰이다. 앞에는 하천이 제법 크게 흐르고 둑길에는 수령이 오래된 벚나무가 즐비하다. 가로변의 벚나무는 마치 마당의 정원수인 양, 둑길과 그 집 사이에 아늑한 터널을 만들었다. 가로변의 조경을 잘 활용하여 지은 것처럼 보였지만 그것은 우연일 뿐이다. 외관을 보면 그다지 정성들이지 않은 허름한 2층 건물임을 알 수 있다. 그 집에서 가장 부러운 곳은 옥상이다. 옥상에 올라가면 근방의 동네가 훤히 내려다보인다. 천변 둑보다 낮은 저지대에는 단층짜리 집들이 바둑판처럼 펼쳐지고 집과 집 사이에는 지렁이 같은 골목길이 실핏줄처럼 나 있다. 동생과 나는 무시로 그곳에서 숨바꼭질을 했다. 골목을 돌 때마다 재미있는 이야기를 만나는 기분이었고 어깨가 닿을 정도의 조붓함은 다락방에 숨어든 듯 으늑한 느낌을 주었다. 점집이 모여 있는 골목길에 들어설 때면 등골이 서늘해지고 걸음이 저절로 빨라져 오줌을 질금거리곤 했다. 어른들은 재개발도 비켜간 구질구질한 동네라고 구시렁거렸지만 우리에겐 최고의 놀이터였다. 우리 집을 포함한 다른 집의 지붕은 누더기로 기운 것처럼 낡은 슬레이트나 기와였지만 그 집 옥상만은 흰 도화지를 펼쳐놓은 듯 네모반듯했다.

작년 겨울, 그 집 앞에서 노숙인 한 명이 동사하는 바람에 전경이 일간지에 크게 난 적도 있다.

'우리 사회의 어두운 단면, 우리가 거두지 못한 노숙인 한파에 동사.'

죽은 사람이 만두 가게 아저씨의 돈을 떼먹은 친구라는 말도 있고, 친척이라는 말도 떠돌았지만 확인할 길은 없었다. 술에 진탕 취해 빈 건물 앞에서 잠이 든 모양이다. 동생이 제일 먼저 발견하고 119에 신고한 후 혼잣말처럼 중얼거린 말은, 내가 본 것처럼 선명하게 남았다.

—아저씨 옆에 새도 한 마리 죽어 있었어. 아저씨처럼 뻣뻣하게 굳은 채 두 다리가 하늘로 번쩍 들려 있었어.

1층은 만두 가게였는데 가게 주인은 만두를 이

십 년 동안 빚다가 틱 장애가 와서 건물을 헐값에 넘기고 이 동네를 떴다. 몸이 만두 빚는 기계처럼 변했기 때문이다. 만두를 빚지 않아도 오른손은 숟가락에 묻은 만두소를 함지에 탁탁 터는 시늉을 했고 고개는 만두피를 오므릴 때마다 다섯 번씩 꺼떡꺼떡했다. 두 다리는 만두 빚는 박자에 맞춰 다섯 번씩 왔다 갔다 하는데 문제는 시도 때도 없이 박자를 타는 거였다. 오른손은 탁탁, 고개는 까딱까딱, 두 다리는 서성서성. 손님들에게 물을 가져다 줄 때도 설거지를 할 때도 아기를 안아줄 때도 그 집 앞을 오가는 나에게 말을 걸 때도 박자를 탔다. 만두 가게 아저씨랑 얘기할 때, 나도 박자에 맞춰 얘기할 뻔했다. 보는 사람들에게 중독성이 있는 몸짓이었다. 동네 아이들 몇이 만두 가게 앞을 지나며 흉내 내는 것을 우연히 보게 된 후 아저씨는 한동안 가게를 열지 않았다. 아저씨는 그 후 이삿짐을 쌌다.

헐값에 내놓은 것을 지금의 집주인이 덥석 사들였지만 세는 나가지 않았다. 이유는 여러 가지였다. 건물 앞에 놓여 있는 다리가 노쇠하여 차량 통행이 금지되었고 집 앞 도로는 일방통행으로 바뀌었다. 다리 건너편에 새 단지가 조성되어 사람들은 그쪽으로 몰려들었다. 커피를 마실 때도 만두를 먹을 때도 소주를 한잔할 때도 맥주로 갈증을 풀 때도 노래방에 들어 소리를 고래고래 지를 때도 타로 점을 볼 때도 조개구이를 먹을 때도, 마치 새떼처럼 다리 건너편으로 몰려갔다. 그곳은 언제나 불야성이었지만 그 집 주변은 우리 집을 포함해 싸늘히 식은 잿더미처럼 회색빛으로 음울했다. 벚꽃이 하얗게 피는 봄날 며칠만 사람들이 오갈 뿐, 통행량은 점점 줄었다. 낡은 새시와 덜컹거리는 유리문, 여기저기 벗겨진 페인트칠. 집주인이 세를 놓는 조건은 딱 하나였다. 자금 사정으로 리모델링은 해줄 수 없으니 세입자가 마음대로 꾸며도 된다는 것이다. 주변보다 시세가 헐했고, 입주 후 세와 보증금은 절대 올리지 않겠노라고 쓰여 있었다. 종종 사람들이 건물을 보러 왔지만 선뜻 계약하는 사람은 없었다.

어느 날, 동생이 그 집 2층으로 이사 가자고 조르다가 엄마에게 등짝을 맞았다. 도로변과 안쪽의 시세 차이는 컸다. 팔릴 리도 없겠지만 우리 집을 판다고 해도 그 집으로 이사 가기에는 턱없이 모자랐다. 엄마에게 흠씬 맞은 뒤 방바닥에 눌어붙듯 누워 있는 동생에게 물었다. 왜 그 집으로 가고 싶냐고.

동생은 방바닥에 손가락 그림을 그리며 말했다.

—햇빛이 있잖아. 벚나무가 보이고, 벚나무 뒤

로 하늘이 파랗게 비어 있잖아. 언제나 바람이 있고. 그 집 옥상에 서 있으면 도시 위를 나는 것 같잖아.

말끝에 동생은 두 눈을 감으며 후우, 숨을 뱉었다. 마치 양팔을 벌리고 도시 위를 시원하게 나는 거처럼.

우리 집은 그 집 바로 뒤에 있지만 지대가 달랐다. 한층 아래 지은 것처럼 지대가 푹 꺼져 있다. 오전 한때 빛이 조각조각 들긴 한다. 아주 맑은 날을 빼면 그것도 귀한 일이다. 바람이 통하지 않아 마당은 습기로 번들거리기 일쑤다. 지붕 낮은 오래된 슬레이트 건물이기 때문에 높은 앞집에 가려 더욱 꺼져 보인다. 예전에 두어 번 물이 역류한 적도 있다. 그 후 천변의 둑만 높아졌지 실상 마을과 하천 바닥의 높이는 같다. 하천 쪽으로 나 있는 하수관까지 물이 차면 영락없이 집 안으로 물이 들어오는 저지대이다.

동생은 엄마에게 아무리 맞아도 울지 않는다. 그렇다고 맞지 않으려고 애쓰지도 않는다. 매를 번다고 해야 하나? 나보다 매 맞는 횟수가 훨씬 많다. 동네 사람들은 동생이 친딸이고 내가 전처 자식이라는 걸 알면서도 믿으려고 하지 않는다.

반면 나는 시도 때도 없이 눈물을 흘리는 고1의 여고생이다. 내 목표는 고3이 끝날 때까지 내 몸속에 있는 눈물을 말려버리는 거다. 무슨 말을 듣든 무엇을 보든 누구와 무슨 얘기를 나누든 눈물이 나지 않았으면 좋겠는데, 조금이라도 감정선을 건드리는 말을 들으면 눈물은 자동으로 비어져 나온다. 엄마의 꾸짖음에도 이제 그만 울만도 한데 눈물샘은 그렇지 않았다. 눈물은 내 의지 밖의 일이었다. 올해 중1인 동생은 내가 울 때마다 아직도 흘릴 눈물이 남아 있냐고, 그리고 그게 울 일이냐고 타박을 하는데도 나는 울고 또 울었다. 태어날 때, 눈물샘을 별책 부록으로 끼고 나온 게 아닌가 싶다. 엄마가 동생과 나를 싸잡아 욕할 때 하는 말이 있다.

—한 년은 시도 때도 없이 처울고, 한 년은 뭐든 지 멋대로 지 맘대로고.

동생과 나는 아버지는 같고 엄마는 다르다. 그러니까 지금의 엄마가 아버지와 살며 내 동생을 낳았고 나는 이혼한 친엄마와 살다 엄마가 돌아가시는 바람에 아버지와 뒤늦게 합류했고 그 후 얼마 안 돼 아버지마저 돌아가셨다. 그런데 이상하게 엄마가 돌아가셨을 때나 아버지가 돌아가셨을 때는 눈물이 나오지 않았다. 내가 보기엔 엄청나게 큰일에는 정신이 일시 붕괴되어 천지분간 못하다가 얼토당토않은 일에 눈물을 조금씩 내보내는 것 같다. 몸속에 눈물이 찰랑찰랑 고여 있다가

수위를 넘기기 전에 어떤 핑계를 대서라도 눈물을 내보내는 것이 아닐까 한다. 일테면,

—아버지는 언제 돌아가셨니?

개인 면담 시간, 담임의 한마디에 벌써 눈물이 비어져 나온다. 아버지가 죽었을 때 울지 않은 것을 만회라도 할 것처럼 꾸역꾸역 밀고 올라온다. 장례식장 아버지 영정 앞에 찬밥덩이처럼 오도카니 앉아 있던 내가 떠오르자 눈물은 걷잡을 수 없었다. 담임이 어찌할 바를 몰라 허둥대며 자리에 가 앉으라고 사정사정하였다. 한번 터진 눈물은 쉽게 멈춰지지 않는다. 내 눈물샘은 그렇게 늘 만수위였다.

지금의 엄마를 나는 새엄마라고 부르지 않는다. 그냥 엄마다. 엄마니까. 친엄마가 죽고 아버지에게 왔을 때 아버지는 나를 쳐다보지 않았지만 엄마는 말없이 내 머리를 쓰다듬었다. 그때 엄마의 눈가에 눈물이 촉촉이 고이는 것을 보았다.

—애는 보라야.

제 머리만 한 사과를 통째로 베어 물고 있는 아이를 가리키며 엄마가 말했다.

단박에 내 동생인 줄 알았다. 내 이름과 같은 맥락으로 지은 걸 보면 안다. 아버지 생각은 아닐 거라고 본다. 아버지의 감수성으로는 죽어도 그렇게 나올 리 없다. 내 이름은 연두다. 친엄마가

연두색을 병적으로 좋아하여 지은 이름이다.

보라가 먼저 손을 내밀어 좀 놀랐다. 내민 손을 얼결에 잡았는데 작고 차가웠으며 사과 국물이 꾸덕꾸덕했다.

보라를 처음 만났을 때 내가 열세 살, 보라는 열 살이었다. 보라는 처음 볼 때부터 제법 어른스러웠다. 오른손에 들었던 사과덩이를 왼손으로 바꿔 쥔 후 손을 내밀 때 알아봤다. 언니가 돼가지고 먼저 손도 내밀지 못하고 놀라는 내가 촌스럽고 창피했다. 그런 거 저런 것도 다 안다는 듯, 살포시 웃던 보라의 눈. 그 후 보라와 나는 한방을 쓴다.

나는 이제껏 내 방이 없다. 요즘 들어 내게 유일한 소망이 있다면 내 방이 있으면 하는 거다. 친엄마랑 살 때도 단칸방에 살아서 언제나 엄마의 눈치를 봐야 했다. 라디오를 듣거나 책을 볼 때도 엄마를 살펴야 했다. 엄마는 언제나 약에 취한 목소리로

—불 꺼어.

라고 말했다. 제일 듣기 싫었다. 하루가 닫히는 것이 아까워서 위장이 쓰렸다.

보라는 같은 공간에 있어도 나를 그다지 신경 쓰지 않는다. 자기만의 세계에 빠져 흥얼흥얼대거나 스프링 노트에 끼적거리거나 책을 읽었다. 아,

보라와 나는 휴대폰이 없다. 별로 갖고 싶지도 않거니와 필요성도 못 느낀다. 솔직히 말하면, 그건 거세된 욕구에 대한 합리화다. 보라가 사달라고 떼쓰다가 죽도록 맞는 것을 본 후, 갖고 싶지 않은 물건이 되었다. 죽도록 맞아도 원하는 걸 갖지 못할 바에는 맞아 봤자라는 것쯤은 알 나이이다.

학원도 다니지 않는다. 올해부터 우리 학교는 야간 자율학습을 자율에 맡겼기 때문에 나는 정규 수업이 끝나면 무조건 하교를 한다. 보충수업도 하지 않는다. 엄마가 대학은 못 보내준다고 했다. 그다음 이렇게 덧붙였다.

— 애초에 너라는 아이는 계획에 없던 거였어.

계획에 없던 아이. 그래 톡 까놓고 말하면 계획에 없던 아이가 맞다. 그야말로 나는 이 집에 초대받지 않은 손님이다. 어느 날, 불현듯 세 사람이 살던 집에 끼어들었고 마치 불행을 안고 다니는 아이처럼 함께 산 지 몇 해 안 돼 아버지마저 돌아가셨다. 보라를 처음 봤을 때 양손 넘치도록 먹고 있는 사과 알만큼이나 풍족해 보인 이유는 보라와 함께 나를 바라보던 엄마, 아빠가 뒷배로 보였기 때문이다. 나는 늘 결핍 상태였다. 누군가는 자동으로 채워지는 부분을 나는 끝끝내 채우지 못하고 영원히 부재인 상태로 끝나버렸다. 부재, 그것은 이생에서는 죽어도 극복되지 못할 거라는 걸 두 사람의 죽음을 통해서 알게 되었다. 내가 제대로 누리지 못한 것을 보라만 누린다고 생각했는데, 이제 내가 느꼈을 부재를 보라도 알아가고 있다.

아버지의 죽음은 사고사인지 자살인지 모른다. 아버지의 시신은 고향 마을 앞을 가로지르는 철로 변에서 발견되었다.

아버지가 남겨준 것은 이 집과 얼마 안 되는 보험금이다. 엄마 말에 의하면 집이라도 남게 된 것은 은행에서 담보로 잡아주지 않았기 때문이란다.

아버지와 같이 사는 동안 나는 무던히 천변으로 나왔다. 엄마와 다투는 소리가 듣기 싫어 무작정 집을 나와 천변에 앉아 있거나 걸었다. 매미 소리가 비어 있는 공간을 꽉 채울 정도로 쩌렁쩌렁 울리고 벚나무는 푸르게 우거지고 태양은 구워 먹을 듯이 이글거리고 아스팔트는 훅훅 달아오르고 아버지는 친엄마와 살 때처럼 엇비슷하게 유혈이 낭자하게 살았고, 그럴 때 유일하게 숨통을 틔워주었던 곳이 천변이었고 천변의 바람이었다.

천변을 걷고 있는 나의 손을 잡아끌고 보라가 데려간 곳이 만두 가게 옥상이다. 보라는 옥상으로 올라가며 제 것이라도 보여주는 양 으스댔다.

옥상에 첫발을 디뎠을 때의 바람을 잊을 수 없

다. 앞에는 너른 하천이 펼쳐지고 뒤편은 저지대의 납대대한 단층이었기 때문에 바람의 길 한복판에 있는 셈이었다. 파란 하늘에 떠 있던 봉긋한 구름덩이가 한껏 입바람을 불어 내보내는 듯, 눅눅한 저지대의 바람과는 확연히 다르게 뽀송했다. 밝아진 내 표정을 보자 보라는 더 기가 나서, 동서남북으로 뛰어다니며 잡아끌었다. 비가 새는 것을 막기 위해 방수포로 누덕누덕 기운 근방의 지붕을 내려다보며 사는 게 원래 이렇게 남루한 것인가, 하는 생각을 했다. 보라와 나는 갖가지 모양의 너절한 지붕을 보며 말없이 서 있었다. 지붕 밖으로 나오면 허름함을 면할 수 있을까?

바람은 지나가고 또 불어왔다. 이마와 볼에 달라붙었던 머리칼이 서서히 말라갔다.

그날 처음 검은 고양이 네로와도 인사를 나눴다. 옥상 난간을 유유히 걷다가 보라 곁에 가볍게 착지하던 네로. 매우 친숙한 듯 아주 우아한 걸음걸이로 보라 곁을 맴돌았다.

만두 가게가 이사 간 후, 새 주인은 자물쇠로 건물 입구를 잠가놓아서 한동안 옥상에 갈 수 없었다. 보라가 엄마에게 두들겨 맞을 걸 알면서도 그 집 2층으로 세 들어가자고 한 것은 아마 옥상 때문일 것이다.

우린 그즈음 옥상이 고팠다.

# 카페 이상

〈K팝스타〉 패자부활전 재방송을 보며 라면을 먹을 때였다. 라면 냄새를 압도하는 고소한 커피 향이 났다. 이마에 찌르르 현기증이 일었다. 보라와 나는 젓가락질을 멈추고 서로를 바라보았다. 이 동네에서는 익숙하지 않은 냄새였다. 만두 찌는 냄새라면 모를까.

우린 약속이라도 한 듯 라면 냄비를 밀어놓고 슬리퍼를 꿰고 둑길로 나섰다. 냄새의 진원지는 그 집 1층이다. 노랗게 불이 들어와 있다. 세가 나간 것일까? 개학 준비로 분주해 그동안 골목을 돌아볼 새가 없었다. 봄비가 내린 뒤 싸늘하게 씻긴 아침 학교에 갔고, 먼 산에 아직 흰 눈이 남아 있는 걸 보며 하교한 날, 커피 냄새를 만났다. 마치 새 날, 새 계절을 맞이할 거라는 예고편 같은 날이었다. 커피숍이라니? 의외였다.

창문에 코를 대고 들여다보았다. 커피 냄새가 더 진해졌다. 사람은 보이지 않았다. 엉성한 탁자 몇 개가 있고 거기에 걸맞은 엉성한 의자 몇 개가 전부다. 무반주 첼로 연주가 바닥에 깔리듯 잔잔했다. 음악의 속도만큼 느리게 유리문 안에는 따뜻한 기운이 감돌았다. 혹시나 하여 건물 외벽을 둘러보았다. 허름한 모습 그대로다. 간판도 아무것도 없다. 오로지 커피 향뿐이다. 가게 밖에서 한참을 기웃거렸지만 오늘따라 고양이 네로도 어슬렁거리지 않았다. 보라가 네로를 부르는 척하며 건물 주변을 훑었다.

—네로야, 네로 어딨니?

보라는 부러 인기척을 내느라 평소보다 오버한 목소리로 불렀다.

길고양이 네로는 보라가 키우는 거나 마찬가지다. 검정 연미복 속에 흰 와이셔츠를 입고 백구두를 챙겨 신은 신사같이 얼굴과 등은 까맣고 배와 네 발은 하얗다. 보라는 네로를 집 안에서 키우자고 했고 엄마는 웃기는 소리 말라고 딱 잘라 말했다. 보라는 종종 네로를 집 안에 들여놓았고 그럴 때마다 엄마는 네로를 문밖으로 집어던지며 보라의 머리채를 잡았다. 말리는 나도 보라 못지않게 맞을 걸 알면서도 엄마에게 매달렸다. 엄마는 보이는 대로 집어 들고 때렸다. 빗자루가 보이면 빗자루로, 파리채가 보이면 파리채로, 책이 보이면 책으로, 자가 보이면 자로. 그중 제일 아픈 건 파리채였다. 파리채는 몸에 착착 감겼다. 엄마는 왜 화가 났는지 잊어버릴 정도로 흥분하여 닥치는 대로 물건을 집어던졌다. 마치 당신 생이 이렇게 꼬인 건 보라와 내 탓이라고 분풀이하듯 때렸다. 매채를 집어 던지며 하는 말은 항상 나를 향했다.

—네년도 똑같어. 더 나빠.

커피 향은 더욱 진해졌다. 보라가 도저히 궁금해서 못 견디겠다는 듯 출입문에 덥석 손을 댄 뒤 나를 돌아보았다. 아무래도 꺼림칙했다. 나는 보라의 손을 잡으며 고개를 저었다. 보라와 나는 풀기 빠진 걸음으로 슬리퍼를 직직 끌며 집으로 돌아왔다.

커피 향을 맡으며 누웠다. 왠지 삶이 업그레이드된 듯한 기분이 들었다. 먹기 위한 삶이 아니라 그것과는 차원이 다른 시간이 올 것 같은 막연한 느낌 같은 것. 살아남는 것 이상의 그 무엇을 추구해도 될 것 같은 시간이 내 앞에 툭 떨어진 기분이었다.

만두를 빚다가 몸이 만두 빚는 기계로 변한 아저씨를 보며 웃기기도 했지만 좀 슬펐다. 생활이 우리에게 너무 많은 것을 요구하는 것 같아 무서웠다. 마치 온몸을 바쳐 살아야 하는 거라고, 그래도 답은 없는 거라고 말하는 것 같았다. 온몸을 바쳐도 안 됐던 아버지가 있었고 온몸을 바치고 싶었으나 몸이 따라주지 않아 젊은 나이에 생을 접어야 했던 엄마가 있었다.

만두 가게 아저씨는 지금 어디서 무엇을 하고 있을까. 몸에 밴 그 박자는 어떻게 처치하고 살고 있을까? 뒤늦게 낳은 아기랑 잘 살까? 공연히 가슴이 아려왔다. 꼭 그렇게 온몸을 바치지 않아도 살 방법이 있지 않을까? 몸이 기계로 변하지 않아도, 정신이 기계로 변하지 않아도. 정신이 굴복당해 몸을 함부로 하지 않아도, 몸에 굴복당해 정신이 황폐해지지 않아도. 왠지 커피 집은 그간 내가 보아왔던 어른들 모습하고는 다를 것 같았다. 아니 달랐으면 좋겠다.

한참을 뒤척여도 잠이 오지 않았다. 오늘 이름을 튼 유겸이가 떠올랐다. 커피 향과 그 아이 얼굴이 왜 겹치는지 모르겠다.

우리 반에 휴대폰 없는 아이는 나와 유겸이뿐이다. 담임이 휴대폰 연락처 없는 두 사람을 호명하자 그 아이와 눈이 마주쳤다. 있음의 공통점이 아닌 없음의 교집합으로 뭔가 통하는 느낌. 조금 위로가 되었다. 반 아이들은 나와 유겸이를 구석기 시대 이전 유인원 보듯 했다. 휴대폰이 없다는 건 자의든 타의든 왕따가 될 것이고 크고 작은 공동체로부터 소외될 것이다. 유겸이는 쉬는 시간에도 가만히 뭔가를 끼적이거나 그림을 그리며 자리를 뜨지 않았다. 주변에서 일어나는 크고 작은 소란스러운 일에 뭘 굳이, 하는 무심한 표정이었다.

급식 시간에 우연찮게 유겸이 앞에 앉게 되었다. 유겸이는 흘낏 눈길을 주는가 싶더니 무심히 닭 모이 쪼듯 젓가락질을 했다.

—난 이연두.

내가 명찰을 보여주며 말했다. 유겸이는 말없이 제 명찰을 가리켰다. 이만하면 첫인사 트는 거로는 괜찮은 편이다. 최악에, 꺼져라는 말이 나올 수도 있다.

김유겸, '겸'이라는 글자에서 격이 느껴졌다. 뼈대 있는 유학자 집안에서 붙여줄 법한 글자였다. 한 집안에서 사내아이들에게나 해당되는 돌림자를 쓴 것 같은 느낌이 들어서 어떤 계보가 느껴진다고 해야 하나? 이연두, 나도 연두라는 이름이 맘에 안 드는 건 아니지만 그다지 심혈을 기울여 지은 이름은 아닌 것 같다. 엄마가 병적으로 좋아하던 색. 녹녹 청청이 되기도 전에 햇볕 한 번 받아보지 못하고 연두색 즈음에 시름시름 앓다가 생을 저버린 엄마의 운명을 예고한 색 같기도 했다. 그것을 또 딸의 이름으로 짓고. 나보고 어쩌라고.

유겸이가 젓가락을 내려놓으며 나를 정면으로 응시했다.

—난 연두가 좋아.

순간 내 동공이 걷잡을 수 없이 확장되었고, 입 안에서 밥알이 떨어졌다.

—아, 오해 말고. 연두색을 좋아한다고.

그 순간, 유겸이와 나 사이에 타인의 시간으로만 존재했던 많은 시간의 양을 한꺼번에 훅 뛰어넘은 것 같은 생각이 들었다.

사람에게는 자기와 비슷한 사람을 알아보는 촉이 있다. 특히 낯선 환경 속에서는 어떻게든 살아남기 위한 본능이 촉발하게 마련이다. 내던져진 상황에서 빨리 자신과 같은 유를 알아보는 것. 탐색할 시간 같은 건 사치다. 유겸이도 나의 어떤 것 속에서 자신과 비슷한 곳을 알아챘는지도 모른다.

담임은 매주 월요일마다 선착순으로 앉고 싶은 데 앉으라고 했다. 출발이 좋았다.

왠지 내가 보냈던 모든 과거의 시간보다는 조금은 나아질 것 같은 생각이 들었다. 찰나였지만 습기로 번들거리던 우리 집 마당에 피자 조각 같은

빛이 들었을 때의 느낌 같은 것이 스쳤다. 학교에서 들었던 찰나의 느낌이 늦은 밤 커피 향 속에서 겹쳐온 건 새로움에 대한 설렘 때문인지도 모르겠다.

드디어 그 집 1층에 간판이 붙었다. 삐뚤빼뚤한 글씨체로 '이상'이라고 쓰여 있다. 사과 궤짝에서 뜯어낸 듯한 거친 나무판 위에 엉성한 글씨체다. 일부러 엉성함을 연출한 듯 어설퍼도 너무 어설퍼 보였다. 보라에게 맡겨도 저보다는 나을 것 같았다. 저게 뭐야, 대체. 좀 근사한 것이 들어와서 분위기가 달라지겠다 기대했는데 영 아니었다. 그냥 이 동네에 있을 법한, 아니 그 옆 오래전에 문 닫은 온누리 전파사보다 더 초라해 보였다. 온누리 전파사는 가운데 글자 '파'가 떨어져 나갔어도 '온누리 전 사'로 여전히 존재감을 드러내고 있다.

이상은 간판을 만드는 데도 완전 가내수공업이다. 그것도 형편없는 솜씨로. 간밤, 커피 향에 홀려 기대하고 부풀었던 게 외려 민망했다. 카페라는 말보다는 외양간 정도의 분위기였다. 그 집 앞에 정면으로 쏟아지는 햇살이 분에 넘치게 호사스러워 보였다. 주인이 누구인지 궁금하지도 않았다. 학교 오가는 길에 일부러 카페 앞으로 돌아가 살피던 짓도 그만두기로 했다. 쌈박한 커피숍은 이 동네와 맞지도 않는다.

보라가 좀 늦었다. 새로 사귄 아이들이랑 신지구에서 군것질을 하고 온 모양이다. 보라가 저녁 밥을 깨작거렸다. 엄마가 그냥 넘어갈 리 없다. 엄마는 싱크대 귀퉁이에 숨겨놓은 동전지갑을 찾아 흔들어본 뒤 텅텅 빈 것을 알자, 보라 눈앞에 들이대며 누구 짓이냐고 물었다. 보라가 떡꼬치, 밥버거, 치킨강정 등등을 나열하자 엄마는 밥상을 뒤엎어버렸다. 깨진 그릇과 음식이 뒤엉겨 나동그라졌다.

— 도둑년들, 누굴 닮아서 슬슬 도둑질이냐?

엄마의 목소리는 깨진 사기 조각처럼 날카로웠다. 뚝배기가 깨지면서 내 무릎으로 된장찌개가 튀었다. 숟가락을 떨어뜨리며 일어섰다. 심장이 호득거렸다. 처음 겪는 일도 아닌데 숨이 차고 눈물이 비어져 나왔다. 이내 무릎이 후끈거렸다. 어금니에 힘을 주며 참았다. 보라는 엎어진 밥상 옆에 오도카니 서서 눈을 내려뜬 채 아무 말도 하지 않았다. 엄마 지갑에 손을 댔으니 언젠가는 닥칠 일이라고 생각하는 듯했다.

보라와 나의 공통점은 아빠가 같다는 것이다. 닮았다는 건 아빠를 말하는 거다. 나는 아빠를 용서하지 않았다. 아빠가 죽었을 때 눈물 한 방울 나지 않던 건 그런 이유인지도 모르겠다. 아빠를 생각하자 속에서 참을 수 없는 뜨거운 덩어리가 올라왔다. 애써 참고 싶지 않았다. 아빠가 나를 위해 한 것이 없는 것처럼 나도 아빠를 생각해서 참아주는 짓 따위는 하고 싶지 않았다. 나는 물병을 들어 엎어진 밥상을 향해 내던졌다. 소리가 요란했다. 밥상의 다리가 부러져서 구석으로 튕겨져 나갔다. 엄마가 놀란 눈으로 깨진 물병과 나를 번갈아 보았다. 내 얼굴은 이미 눈물범벅이었다. 손등으로 눈물을 훔치며 더 던질 게 없나 두리번거렸다. 하드커버로 된 책이 보였다. 오늘 도서관에서 빌린 세계문학 중 하나였다. 책을 읽고 공부를 하고 엄마의 매질을 고스란히 견딘들 무슨 소용이 있나 싶었다. 아무것도 변화된 건 없다. 점점 더 나빠졌다. 친엄마랑 살 때나 아버지랑 살 때나 그리고 지금의 엄마랑 살 때나 조금도 나아진 게 없다. 나아질 것 같다고 믿고 싶을 뿐이다. 희망은 언제나 산산이 깨졌다. 그만 끝내고 싶었다. 피곤했다. 책을 머리 위로 들어 올렸다. 아빠가 엄마에게 폭력을 휘두르듯 나에게도 아빠의 나쁜 피가 흐를 것이다. 이게 다 아빠 때문이다. 모든 게 엉망이다. 아무리 다림질을 해도 한번 구겨진 종이는 원상 복구되지 않는다. 글러버린 거다.

아빠가 던진 선풍기에 맞아 정신을 놓은 친엄마를 두고 뛰쳐나왔다. 엄마 얼굴에 피가 나는 것을 보고 처음으로 엄마가 죽을 수도 있겠다는 생각을 했다. 그때도 눈물범벅이었고 맨발이었다. 지나가는 사람을 붙잡고 전화기를 빌려 달라고 소리친 후 112에 전화를 했다.

—어떤 남자가 우리 엄마를 죽이려고 해요. 빨리 와주세요.

일곱 살이었다. 그 후 아빠는 집에 들어오지 않았다. 골병이 든 엄마는 집을 팔아 병원비와 생활비를 댔다. 월세 방을 전전하며 살았다. 돈이 떨어지자 엄마는 병원에 가지 않았다. 아빠에게 보라가 있다는 걸 모른 채 엄마는 죽었다.

—이게 미쳤나.

엄마가 내 머리채를 잡으려고 손을 올렸다. 보라가 나를 구석으로 밀치며 엄마로부터 떨어뜨렸다.

—언니, 왜 그래? 미쳤어?

보라가 나를 끌어안으며 소리쳤다. 나는 방바닥에 책을 던진 뒤 보라를 떼어내 한쪽으로 밀쳤다.

—너도 똑같애. 너네 엄마랑 너도 똑같애에에.

나는 괴물처럼 소리 질렀다. 처음으로 엄마 앞에서, 보라 앞에서 소리쳤다. 이제껏 엄마가 때리면 맞았고 보라를 때려도 같이 맞았다. 아무 잘

못 없이도 나는 존재 자체로 잘못이었기 때문이다. 엄마에게 계획에 없던 짐덩이라는 것을 그렇게 매질로 감당한 지, 몇 년 되었다.

주먹을 쥔 채 부들부들 떨며 뛰쳐나왔다. 일곱 살 그날처럼 맨발이었다. 바람이 선득하게 둑방을 넘어왔다. 환한 가로등 주변을 피해 어둑한 벚나무 아래로 숨었다. 사람의 통행이 없는 밤늦은 시각이라는 게 다행이었다. 어둠 속에 묻히듯 없어져버렸으면 좋겠다. 알갱이가 되어 어둠 속으로 녹아 사라질 수만 있다면, 내 몸이 몹시 거추장스러웠다.

무릎이 후끈거리고 발은 몹시 시렸다. 발가락 끝이 떨어져 나가는 거처럼 따끔거렸다. 벤치에 앉아 두 다리를 배에 붙여 양팔로 감싼 뒤 발가락을 만지작거리며 무릎에 입바람을 불었다.

이 상황에 눈물이라니, 등신 같은 짓이라는 걸 알면서도 몸은 자동으로 흐느꼈다. 멈추고 싶지만 멈출 수 있는 게 아니었다. 엄마와 보라에게 우는 모습을 보이고 싶지 않았지만 그건 번번이 실패였다.

두루내 건너 화려한 불빛은 어제와 똑같다. 내일도 그럴 것이고, 모레는 더 화려해질지도 모른다. 나는 검은 공벌레처럼 몸을 동그랗게 말고 저지대 늪 속으로 자꾸 빠져드는 것만 같다.

—한참 찾았잖아. 뭐 급하다고 신발도 안 신고 나가냐?

보라가 옆에 앉으며 벤치 아래 신발을 내려놓았다.

—엄마도 나갔어.

보라가 잘됐다는 듯이 야멸차게 말했다. 차가운 밤공기에 어깨가 시렸다.

—미안, 맨날 나 땜에.

아까보다는 힘을 뺀 목소리로 앞을 보며 말했다.

—근데, 웬일이야? 그렇게 과격하게. 놀랐잖아. 예고 좀 해라 쫌!

후우, 보라가 허공을 향해 숨을 뱉었다. 입김이 하얗게 번졌다.

—엄마도 놀란 모양이야. 나가며 언니 너, 찾아보라고 했어.

—…….

보라는 내 눈앞에 밴드 붙인 손가락을 내밀었다.

—밥상 치우다 베었어.

어리광 부리는 말투였다. 보라는 사람을 다룰 줄 안다. 나에게는 응석으로 엄마에게는 막무가내로, 대하는 방식이 사람에 따라 다르다. 그런데 밉지가 않다. 나는 보라의 손가락을 감싸 쥐었다. 차갑게 얼었다.

카페의 불이 꺼졌다. 보라와 나는 완전 어둠 속에 잠겼다. 카페 주인이 자전거를 꺼낸 뒤 페달을 밟는지 삐걱대는 소리가 났다.

—거기 누가 있나요?

카페 주인의 목소리다. 점잖으면서도 부드러웠다. 나는 보라 손을 잡고 아무 말 없이 집으로 향했다. 자전거 페달 밟는 소리가 등 뒤로 멀어졌다.

이불을 펴고 누웠다. 보라는 몸을 녹이려고 자꾸만 내 쪽으로 파고들었다.

—아까, 그 목소리 카페 주인이지? 목소리 괜찮지?

보라는 잠들기 전까지 카페 주인의 얼굴에 매달리며 말했다.

—목소리 좋으면 생긴 건 별로라던데.

보라는 잘 살 거다, 아마도.

엄마는 어제 집에 들어오지 않았다. 요 며칠 더러 술 냄새도 나고 끊었던 담배도 시작한 것 같았지만, 이제껏 집에 들어오지 않은 적은 없었다.

집 안보다 밖이 더 따듯했다. 보일러 기름이 떨어진 지 오래되었다. 집 안에 있기가 너무 추울 때는 밖으로 나와 걷는다. 천변의 갈대는 햇살과 바람 속에서 일렁였다. 잎 하나 없는 벚나무 가지가 예리하게 벼려져 파란 하늘에 선을 긋고 있다. 저 침묵 속 어디에, 봄이 들어 있는 것일까. 물가의 버드나무 끝은 푸르스름하게 반짝거린다. 사방이 눈부셔 눈을 찡그리며 걸었다. 카페 앞으로 다가갈수록 커피 냄새가 진동했다. 카페 앞 데크에는 파라솔 테이블이 두 개 놓여 있다. 그나마 카페 분위기가 났다. 길가에는 입간판을 세워놓았다. 낡은 베니어합판을 주워다 한 것인지 후줄근했다. 시멘트 벽돌로 고임돌을 해놓았는데 그것도 엉성했다. 네로가 사뿐히 지나다 눈만 흘겨도 쓰러질 것처럼 허술했다.

- 숯불에 볶은 수제 원두커피
- 무가당 요거트(블루베리, 복분자, 딸기)
- 얼음 우유로 갈아 만든 옛날 팥빙수
- 마음을 따듯하게 해주는 밀크티, 코코아

메뉴판도 역시 예상을 빗나가지 않았다. 외벽의 간판과 완벽한 하모니다. 베니어합판 위에 숯으로 쓴 듯했다. 삐뚤빼뚤했다. 어떤 거는 진하고 어떤 거는 유추해서 읽어야 할 정도로 흐릿하고. 멋이라고는 1도 부리지 않은 글씨체는 정말 아니올시다였다. 아무것도 첨가하지 않은 있는 그대로라는 건 그나마 표현된 것 같았다. 간판에서 눈을 떼지 않고 어슬렁거리던 차였다.

—이 동네 사냐?

뜨헉, 어제 그 목소리다. 어제와는 분위기가 조금 달랐다.

파라솔에 가려 카페 문이 열리는 걸 보지 못했다.

성큼한 키에 거뭇한 턱수염이 성글다. 그가 해를 가려 주변이 컴컴해지는 느낌이 들었다. 나는 움찔 뒤로 물러섰다. 그가 잔을 내밀었다. 코코아 냄새가 달큰했다. 내가 다시 뒤로 물러서자 그는 말없이 코코아 잔을 더 들이밀었다. 받으라는 말인지는 알겠으나 나는 선뜻 손을 내밀지 못했다.

—너, 요 뒷집 살지?

일관되게 다짜고짜 반말이다. 은테 안경 너머 쭉 째진 얇은 홑꺼풀 눈이 날카로워 보였다. 어쩌면 어제 보라와 나를 알아봤을지도 모른다. 물에 젖은 걸레처럼 흐느적거리며 울던 나를 오랫동안 지켜봤을지도 모른다. 저 큰 창문을 통해 벌써 이 동네 사람을 죄다 파악했을지도 모를 일이다.

—네? 네.

나는 딸꾹질하듯 네네거렸다.

—중딩? 고딩?

저, 얕잡아보는 딩,딩. 나는 정말 그 말이 기분

나쁘다. 중삐리, 고삐리 이상으로 모욕스럽다.

—고등학생이거든요?

—하하하, 내가 그렇게 물으면 고렇게 대답할 줄 알았다.

완전 깐죽이다. 누가 말장난하고 싶댔나?

—자, 이웃으로 첫인사 튼 거다.

이상은 코코아 잔을 건넸다.

—가게로 들어와 볼래?

나는 얼결에 코코아 잔을 들고 이상을 따라갔다. 사탕발림에 넘어가는 유치원생이 따로 없다.

가게 한가운데는 주물 난로가 있고 불창으로 불길이 어룽대며 타는 소리가 났다. 따듯했다. 주방 탁자 위에는 핸드밀이 여러 개 있고 벌써 손님이 다녀갔는지 테이블 위에는 빈 찻잔 두 개가 마주 보고 있다.

—너, 코코아 값 하고 가라.

이상은 은테 안경 너머로 슬쩍 살피는가 싶더니 대뜸 말을 던졌다.

—네?

나는 탁자 위에 잔을 소리 나게 내려놓았다. 달콤한 코코아의 마지막 한 모금이 막 넘어가기 전이다. 난로 유리문으로 일렁이는 불빛이 오랜만에 만나는 따스함이라 좋았지만 오래 있을 곳이 못 되었다.

—전 달라고 한 적 없는데요?

기어들어가는 목소리였지만 따지듯 말했다.

—내가 준 거지. 그렇지만 사람이 경우가 있어야 하는 거 아니겠니?

꼰대 같은 소리다.

—함 해봐, 재밌을 거다.

이상은 내 동의와 무관하게 탁자 위에 사각 쟁반을 내려놓았다. 쟁반에는 암녹색 콩이 잔뜩 있다. 내가 멀뚱히 이상을 바라보자 그는 픽 웃었다.

—이게 커피 원두라는 건데. 볶기 전, 그러니까 생두라는 거다.

—알아요.

나는 짧게 답하며 일방적인 제안에 불쾌한 기색을 표했다. 요즘 같은 시대에 커피 생두를 모를까. 후진 동네 산다고 완전 무시하는 건가?

그러거나 말거나 이상은 암녹색이 돌지 않거나 크기가 작은 생두를 골라 탁자 위에 나란히 예시를 들었다.

—보이지? 이런 검은콩은 물론, 발효되거나 곰팡이 핀 것, 벌레 먹은 것도 있고 하얗게 백화가 된 것도 골라내야 돼. 요렇게 미성숙한 콩도. 투명하고 윤이 나는 왁스화된 콩도 빼먹으면 안 된다.

—이걸 다요?

—이 정도면 코코아 반잔 값도 안 되는 거다.

꼼짝없이 낚였다.

이상은 내가 앉아 있는 탁자 앞으로 의자를 가져와 콩을 몇 개 고르는가 싶더니 이내 자리를 떠서 제 볼일을 봤다. 비운 코코아 잔을 바라보며 할 수 없이 콩을 골랐다.

—이런 건 왜 골라내요?

주방 안쪽으로 갈색의 콩 자루가 보였다.

—그런 결점두가 섞이면 커피를 추출할 때 기분 나쁜 신맛도 나고 불쾌한 냄새도 나고 좋지 않은 쓴맛도 나고 제대로 된 커피 맛을 낼 수가 없지.

커피 얘기라서 그런가? 목소리 톤이 금세 높아지며 한결 친절한 말투였다.

—요즘 같은 시대에 이걸 손으로 해요?

—아무리 요즘 같은 시대라도 콩 고르는 건 손으로 해야 한다, 일명 핸드픽이라고 하지. 우리 집은 완전 수제야. 간판도 메뉴판도, 생두 고르는 것도 볶는 것도 내리는 것도. 나는 감 잡았을 줄 알았는데.

촌스러움을 표방했다는 자부심이 잔뜩 든 목소리였다. 내 귀에는 안목 없음의 합리화처럼 들렸다.

—헐.

난 실내를 휘둘러보며 혼잣말처럼 작게 말했

다. 짐작한 대로 엉성함과 후줄근함을 제대로 표방한 것 같았다. 유행이나 쌈박함, 세련됨은 아예 무시해버린 콘셉트다.

—이렇게까지 가내수공업일 줄은.

—으허허허, 그래 가내수공업 맞다.

—진짜 숯으로 볶아요? 삼겹살도 아닌데?

—아하하하, 그래 고맙다. 그렇게 물어줘야 내가 숯으로 볶는 보람이 있지.

—숯불은 300도나 되기 때문에 커피콩의 안과 겉을 똑같이 볶을 수 있거든. 참숯의 원적외선으로 콩의 내부를 가열하는 원리지. 숯불로 커피를 볶으면 커피의 나쁜 맛은 사라지고 풍미는 더욱 깊어지고. 어때? 가내수공업이랑 딱 맞지 않냐?

다른 사람의 시선 같은 건 신경 쓰지 않는, 제멋에 겨운 글씨체를 보고 짐작이 가지 않은 건 아니다. 아무나 들어가도 될 것 같은 만만함이 콘셉트인 모양이다. 오는 사람으로 하여금 어떤 경계도 하지 않게 만들어 사람을 끄는 고도의 상술일 수도 있다. 반대로 카페가 마음에 들지 않는 사람은 받지 않겠다는 표현일 수도 있겠다. 그러니까 손님이 카페를 골라 갈 수도 있지만 카페 주인이 손님을 골라 받을 수도 있다는 것이다. 커피 추출 방식이나 실내 인테리어로 완곡하게 표현하는 것일 수도 있겠다는 생각이 들었다. 솔직히 내 취향은 아니다. 나는 좀 더 클래식하고 우아하길 바랐다.

하여간 이 동네의 구질구질함과 구색은 잘 맞았다. 튀지 않고 젠체하지 않으니, 이 동네에 있던 오래된 다방이라고 해도 믿을 것 같았다. 그간 만두 가게가 있었던 게 아니라 카페 이상이 있었던 듯 아주 자연스럽게 이 동네에 스며들었다.

그런데, 왜 하필이면 이상일까? 전체적으로 엉성한 포맷과는 어울리지 않는 인물이다. 중학교 때 모둠 수행평가로 '이상 연구'를 했기 때문에 조금은 안다. 그의 소설과 시는 머리를 쥐어뜯을 정도로 어려웠다. 「날개」의 소설 문장 하나하나에 숨겨둔 상징과 코드를 읽으며 소름 끼칠 정도로 치밀한 작가라고 생각했다. 굳이 공통점을 찾자면 이상도 다방을 했다는 것이다. 기생 금홍을 곁에 두기 위해 다방 제비를 차려주었고, 카페 츠루나 다방 무기 등을 했다가 망해먹기 일쑤였다. 스물여섯에 요절한 시인이자 소설가, 건축가, 삽화가, 수필가, 재주 많은 천재.

카페 주인의 인상이 덥수룩한 수염에 큰 키였던 이상의 이미지와 겹쳐 보이기도 했다. 거꾸로 아저씨의 첫인상이 정신만 살아 있는 그 시대의 룸펜이 걸어 나온 듯도 싶었다.

간신히 사각 쟁반의 콩을 다 고른 후 풀려났다.

생각보다 나쁘지 않았다. 같은 일을 반복하는 동안 많은 생각을 했다.

혹시 알바가 필요할지도 모른다. 벚꽃놀이가 한창일 때는 이곳도 건너편 신지구 못지않게 사람들로 붐비겠지? 그러면 꽃놀이 나온 사람들이 커피 한 잔, 팥빙수 한 그릇 안 사 먹겠어? 당연히 일손이 필요할 거다.

사각 쟁반을 이상 앞으로 쓱 밀었다.

—와, 빠른데? 제대로 한 거냐?

이상은 쟁반의 콩을 손으로 들어 떨어트린 뒤 뒤적거리며 제법 세심하게 살폈다.

네로가 살짝 벌어진 뒷문 틈을 밀치며 들어왔다. 네로의 걸음걸이는 언제나 우아했다. 네로는 도둑질을 해도 아주 우아한 몸사위일 것이다.

—네로.

이상의 눈치가 보여 속삭이는 소리로 불렀다. 네로는 나를 본체만체했다. 아주 익숙한 듯 느긋하게 카페 주방을 거닐었다.

—재 이름이 네로구나? 길고양이인 줄 알았더니.

—길고양이에요. 언제부터 여길 왔어요?

—음~ 첫날, 이 동네서 처음 반겨준 생명체다.

네로는 내 발치에 몸을 동그랗게 말고 앉았다.

그제야 나를 알은체했다.

카페 통유리로 차량 통행이 금지된 오래된 방물다리와 두루내의 전경이 들어왔다. 다리에는 인부들 몇이 공사를 하고 있다. 창밖 풍경은 아직 겨울이지만 카페 안으로 퍼진 햇살과 펠렛난로의 열기가 더해져 완연한 봄 같았다.

내일은 월요일이다. 드디어 앉고 싶은 자리와 앉고 싶은 짝을 선택할 수 있는 첫 번째 기회다.

## 유겸이

엄마가 집에 들어오지 않은 지 며칠이 지났다. 밤에 들어와 잠만 자고 나갔는지도 모른다. 아버지가 돌아가신 후 여러 가지 일을 한다는 걸 알고 있다. 알바 같은 성격으로 몸만 고되지 돈이 되지 않는 일이다. 그래서 미안했다.

그날 이후 엄마와 마주친 적이 없다. 보라와 가끔 통화하는 것 같았다. 곧 있으면 쌀도 떨어질 것이다. 보통 나는 밥을 하고 보라는 청소를 한다. 엄마는 밥이 이게 뭐냐, 집 안이 쓰레기장이냐 늘 불만을 터트렸다. 엄마의 몸이 고될수록, 거기다 약간의 술기운이 있는 날은 더욱 심했다. 우리는 무엇이 잘못된 건지도 모른 채 구석에 서서 꾸지람과 호통을 견뎌야 했다. 엄마가 하라는 대로 했는데도 언제나 화를 냈다. 없는 듯 있어야지이 집에서 살 수 있을 것 같아 나는 소리 없이 지내야 한다고 생각했다. 지난번에 내 속에 그런 폭력성이 있다는 걸 알고 나도 놀랐다. 닮았다고 하는 말에 그렇게 정신이 나간 이유를 되짚어보았다. 아버지가 싫은 거였다. 내 몸에 흐르는 아버지의 피를 빼서 새로 갈아 넣고 싶을 정도로, 닮았을까 봐 무서운 거였다. 그날은 그랬다. 내 몸 속에 흐르는 아버지의 유전자를 살려두고 싶지 않았다. 내가 살아 있는 동안에 보존될 아버지의 유전자가 싫었다. 나를 없애버리고 싶을 만큼.

선착순이라고 했다. 보라에게 달걀 프라이만 해준 뒤 학교로 뛰었다. 카페 이상 앞에 다다라 방물다리로 넘어가려는데 보행이 금지되었다. 이런, 완전 망했다. 이 다리로 넘어가지 않으면 한참 돌아가야 한다. 아무리 빨리 간다고 해도 지각이다. 입구에 막아놓은 바리게이트 사이로 몸을 집어넣었다. 설마 나 하나쯤 건넌다고 해서 다리에 금이 가거나 무너지겠어? 굳이 통행을 막은 이유를 모르겠다. 흩어진 공사 자재를 피해 겅중겅중 걸으며 다리 끝나는 지점에 다다랐다.

—윽.

다리와 도로 사이에 푹 꺼진 곳이 있었는데 메우느라 시멘트를 잔뜩 부어놓았다. 밟지 마시오.

밟지 않기에는 폭이 너무 넓었다. 그런데 누군가 먼저 지나간 흔적이 있다. 보폭이 제법 넓게 두 개의 발자국이 찍혀 있다. 그 위에 겹치게 밟으려다 살짝 비켜 바로 옆에 발을 디뎠다. 덜 굳었는지 쑥 들어가는 느낌이 들었다. 미안하게도 선명하게 찍혔다. 이렇게 존재감이 남을 수도 있는 거구나, 온누리 전파사처럼.

유난히 교실 안이 시끄러웠다. 아이들은 자리를 정하고 짝을 찾느라 분주했다. 얼추 반은 찼다. 유겸이를 찾았다. 벌써 와 있다. 창가 맨 앞자리다. 옆자리는 비었지만 하필이면 내가 싫어하는 앞자리다. 선생님들의 침 세례를 감수해야 하는 최악의 자리다. 말을 하는 선생님의 입을 햇빛 속에서 보면 분무기 수준이다. 뿜어져 나오는 파편은 먼지 알갱이도 무력화시킨다. 둘러보는 동안 자리는 거의 찼다. 어쩔 수 없다. 남은 자리로 가는 것처럼 유겸이 옆에 앉았다. 유겸이는 가방을 저쪽 편으로 옮기며 내가 온 것을 알은체했다.

—안녕?

—안녕.

유겸이는 신지구 쪽에 산다. 학교 오가는 길이 나와 정반대다. 다리 건너에 산다고 소개하면 얼굴 표정이 미세하게 바뀌는 편인데 유겸이는 그렇지 않았다. 다리 건너 저지대 마을이 어떤 곳인지

통 모르는 듯했다.

—걸어와?

내가 물었다.

—엄마가.

역시나 짧게 답했다.

—아.

나는 수업 준비를 위해 가방을 뒤적였다. 엄마가, 라는 말이 귓전을 맴돌았다. 우리 반 대부분의 아이들이 엄마나 아빠 차를 타고 등교할 것이다. 그다지 놀랄 것도 없다. 그건 이미 중학교 때, 아니 초등학교 때 졸업한 일이다. 휴대폰이 없다는 유일한 공통점으로 마음이 간 건 사실이다. 이제부터 얼마나 다를지 알게 될 거라는 걸 엄마가, 라는 말이 신호탄처럼 울렸을 뿐이다.

그렇다면 왜 휴대폰이 없는 걸까. 유일한 공통점도 깨질 거라면 빨리 깨지는 게 나을 것 같았다. 내가 휴대폰이 없는 이유는 간단하다. 가난하기 때문이다. 엄마 곁에서 밥을 먹고 잠을 자고 학교를 다니는 것도 감지덕지한 일이다. 엄마가 나를 보육원이나 복지시설에 보내지 않은 것만으로도 감사한 마음으로 살아야 한다. 나는 가끔 그런 악몽을 꾼다. 엄마가 낯선 곳에 나를 버리고 사라지는 꿈. 엄마는 뒤돌아보지 않고 점점 멀어지고 나는 입이 붙어버린 양 아무 소리도 내지 못하고 울기만 하는. 꿈에서 헤어나지 못하고 실제로 우는, 바보 같은 짓만 반복하는 꿈이었다. 엄마를 새엄마라고 부르지 않는 이유는 내가 덜 비참해지기 위해서다. 그리고 살아남기 위해서다.

유겸이를 볼 때마다 기억 속의 어떤 아이와 겹쳤다. 초등학교 3학년 때 스치듯 지나간 아이인데 기억은 아주 선명했다. 전학 온 아이였다. 뽀얀 얼굴에 아기처럼 가늘고 윤기 나는 머리칼이 어깨를 지나 허리까지 차르르 퍼지던 모습이 인상 깊었다. 라푼젤처럼 고성에 앉아 밤이면 왕자님을 위해 황금 머리칼을 늘어트리는 것이 연상될 정도로 길고 탐스러웠다. 아담한 체구에 한눈에 봐도 보호 본능을 일으킬 만큼 가냘프게 보였다. 말투와 웃음은 또 어찌나 상냥하던지, 단번에 남자아이들의 관심이 쏠렸다. 그에 비해 나는 까만색에 숱이 많아 아무리 빗질을 해도 함초롬하게 가라앉지 않는 머리칼이었으며 주위 아이들과 말도 섞지 않는 뚝뚝한 아이였다. 기다란 팔다리에 다른 사람보다 삼분의 일 정도 긴 목과 말없이 껌뻑이는 큰 눈 때문에 ET라고 놀림을 받았다.

전학생과 집이 같은 방향이라 함께 교실을 나서게 되었다. 학교 구조를 모르니 안내해주고 하교도 같이하라고 담임이 말했다. 왠지 시녀가 된 듯한 기분이 들었다. 그 아이는 귀한 대접을 받고 나는 그렇지 않은, 누군가로부터 한 번도 그런 대접을 받아본 적이 없다는 생각이 그날 처음으로 들었다.

운동장을 가로지르다 우연찮게 개미 떼를 발견하고 쭈그려 앉아 보게 되었다. 오후 햇살이 강렬했던 늦은 봄이었다. 뒤에 따라오던 남학생들과 함께 둥그렇게 둘러앉아 개미 떼의 길을 훼방놓으며 한참을 그렇게 몰두했다. 내가 전학생의 머리를 본 건 뭔가 움직임이 있었기 때문이다. 회갈색 벌레가 머리칼 사이에서 고물고물 기어 나왔다. 윤기가 반지르르 흐르는 머리칼 새를 비집고 크고 작은 벌레들이 고무락거렸다. 그게 '머릿니'라는 것을 알았다.

—야, 네 머리칼에 있는 것도 개미야?

남학생 하나가 인상을 쓰며 손가락질을 했다. 곤충박사인 남학생이 전학생의 머리를 살피며 소리쳤다.

—개미 아니네.

곤충박사는 손을 털고 일어나더니 다른 아이들을 데리고 교문을 나섰다. 아이들이 도망치듯 멀어지자 봄볕에 발그레 달아올랐던 전학생의 얼굴은 울상이 되었다. 머리채를 마구 흔들며 울었다.

머릿니가 있다는 소문은 삽시간에 퍼졌다. 학

부모들의 항의가 빗발쳤다. 방송국에서 카메라를 들고, 사라졌던 '머릿니'가 나타났다고 취재를 나오기도 했다. 전학 온 아이 곁에는 아무도 가지 않았다. 짝이 된 아이는 자리를 바꿔달라고 했다. 아이들은 모이기만 하면 수군거렸다. 어느 날, 전학 온 아이가 보이지 않았다. 이 모든 일이 아주 짧은 시일 안에 이루어졌다.

유겸이를 보면서 전학 온 아이가 자꾸만 오버랩되었다. 사라질 것 같은 위태로움이 느껴지기도, 전혀 짐작하지 못할 반전의 비밀스러움이 있는 것 같기도 했다.

도서관에 책을 반납하기 위해 『제인 에어』를 꺼냈다. 세 번째 읽는 중이다. 중학교 때 두 번, 엊그제 엄마와의 일이 있고 나서 또 한 번.

유겸이가 『제인 에어』를 펼치며 물었다.

— 재밌어?

— 그 이상.

눈밭에 맨발로 서 있던 어린 시절을 지나 당당히 사랑을 선택하고 존중받는 사람이 된 제인 에어. 그녀처럼 되고 싶다는 희망을 얹어본다. 지난밤, 그 희망은 더욱 간절했다.

— 그래?

— 도서관 갈 건데.

— 그래.

유겸이는 내가 반납한 『제인 에어』를 빌리고 난 『반 고흐, 영혼의 편지』를 대출했다. 어젯밤 라디오에서 흘러나온 구절을 들으며 울컥했다. 고흐가 동생 테오에게 보낸 편지의 한 구절이었다.

*내가 미치지 않았다면, 처음 그림을 시작할 때부터 약속해온 그림을 너에게 보낼 수 있는 날이 올 것이다. 나중에는 하나의 연작으로 보여야 할 그림들이 여기저기 흩어지게 될지도 모른다. 그렇다 해도, 너 하나만이라도 내가 원하는 전체 그림을 보게 된다면……. 나를 먹여 살리느라 너는 늘 가난하게 지냈겠지. 네가 보내준 돈은 꼭 갚겠다. 안 되면 내 영혼을 주겠다.*

영혼을 준다는 말은 어떤 마음일 때 나오는 것일까? 37년 생애 동안 가난에 시달리며 깊은 고뇌를 그리고 싶었던 화가. 그의 마음은 물결치는 밀밭 위에 까마귀처럼 소용돌이 쳤고, 자기 몸을 위해하고 싶은 충동에 사로잡혀 지냈다. 그런 상태에서 붓을 잡고 생을 견뎠을 고흐. 하얀 캔버스의 공포를 넘어 그림을 그리지 않고는 생을 견딜 수 없었던 한 사람. 한 잔의 커피와 거친 호밀빵을 먹기 위해 동생 테오에게 쓴 편지 말미에, 그림을 그리고 있을 때면 그것으로 충분하다던 태생적 예술가였다.

그런 형의 의지처가 되어준 동생 테오와의 편지 왕래는 무척 아름다워 보였다. 비루한 현실에서 격을 잃지 않았던 건 동생 테오와 나눈 마음이 있었기 때문이다.

누군가와 마음을 나눌 수 있다면 세상이 온통 황무지라도 최소한의 격은 지킬 수 있지 않을까. 그 누군가 단 한 사람이라도 있다면 그 사람으로 인해 살 수 있다는 생각이 들었다.

책표지로 쓰인 고흐의 「자화상」을 보며 시인 이상과 이미지가 겹쳤다. 살아 있는 것 자체가 불화였던 그들 삶의 여정 때문일까. 그 둘을 생각할 때 공통으로 떠오르는 단어는 '불화'였다.

아버지도 자신 안에 충돌하는 불화 때문에 결국은 가버린 것이 아닐까. 한 군데 정주하지 못하고 어디든 떠돌다 엄마를 지나 지금의 엄마에 다다라 그마저도 안주하지 못하게 했던 것. 자신이 통제할 수 없는 의지 밖의 어떤 것. 더 이상 애쓰고 싶지 않아서, 애쓰기에는 너무 지쳐버려서, 세상과 타협되지 않는 자신의 한계를 봐버린 좌절 때문에 철로 변에 누워버렸는지도 모른다.

—보충은?

가방을 챙기는 나를 보고 유겸이가 물었다.

—신청 안 했어.

—나도.

—너도?

—응.

—야자는?

이번엔 내가 물었다.

—그런 거 안 해.

—나도.

유겸이와 나는 손바닥을 마주치고 교실을 나섰다.

—왜, 맨 앞자리야?

계단을 내려오며 유겸이에게 물었다.

—다른 아이들 뒤통수 보는 게 싫어.

유겸이의 목소리는 냉랭했다.

—아…….

—아이들을 일일이 보면서 생각이 많아지는 것도 싫고.

그럴 수도 있겠다는 생각이 들었다. 보이는 대로 생각이 많아지는 건 사실이다. 그것은 내 의식을 수없이 조각내며 분산시킨다. 그런 상태는 나에게 오롯이 집중할 수 없어서 나도 싫어한다. 나는 동조의 뜻으로 아무 말도 하지 않았다.

그림자가 길어지는 저녁 햇살을 받으며 집으로

향했다. 유겸이는 엄마 차로, 나는 반대 방향으로 걸었다. 방물다리 끝에 찍어놓은 발자국이 생각났다. 다리 위에는 인부들 몇이 철근 골조를 세우며 지붕을 만들고 있다. 차량 통행이 금지되기 전, 다리의 인도에는 각종 액세서리와 골동품을 파는 노점이 즐비했다. 새 다리가 놓인 후 차량 통행을 전면 금지하자 이름만 남고 노점은 사라졌다. 지금은 문화다리를 만든다고 난간에 철근 지지대를 설치하고 다리 중간에는 아치형 차양을 만들었다. 멀리서 보면 마치 거대한 공룡의 사체가 풍화되어 갈비뼈만 남은 것처럼 보이기도 해 공룡다리라고도 불린다.

다리는 얼마간 통행금지일 것이다. 인부들 눈을 피해 아침에 찍어놓은 발자국을 확인해보았다. 그대로였다. 저대로 굳어질 것이다.

한참을 돌아 새로 놓은 다리를 건너 카페 이상 앞에 도착했다. 어제 안면을 터서 그런지 나도 모르게 카페 안을 기웃댔다.

이상이 문을 열며 불렀다.

—잠깐 나 좀 볼래?

또 핸드픽을 하라는 건 아니겠지?

—네로 좀 잠깐 데리고 있어줄래?

제집처럼 드나든 모양이다. 거기다 카페 바닥에 죽치며 영업 방해까지 하고. 먹을 거로 얼마나 길

들였길래. 네로 탓이 아니라 카페 주인 탓이라고 일러주고 싶었다.

—네가 동네 깡패냐? 점거를 하게?

네로를 안고 나오며 혼잣말처럼 하는 소리를 듣고 이상은 핸드밀을 돌리며 웃었다. 손님이 제법 있다. 허름한 곳이라고 얕봤는데 그렇지 않은 모양이다.

제법 묵직해진 네로를 안고 벚나무 아래 벤치에 앉았다. 이상 기온으로 봄꽃이 일찍 필 거라고 한다. 햇볕은 꽃눈을 금세 터트릴 것처럼 따끈따끈했다. 벚나무 줄기가 붉어졌다. 기온이 올라가면 우리의 혈관이 파랗게 부풀어 오르는 것과 같은 이치일 것이다. 물을 쭉쭉 빨아올리는 물가의 버드나무는 가지 끝마다 노랗게 햇볕을 모았다. 식물은 뇌가 없다고 하는데, 정말 그럴까 싶었다. 움직일 필요가 없으니까 그렇다고 하는데 나는 믿고 싶지 않았다. 어떤 때 나는 나무와 풀에게서 위로의 말을 듣는다. 괜찮아, 괜찮아, 그만하면 잘 견디고 있어. 뇌가 있는 것들에게 상처 받고 뇌가 없는 것들에게서 위로를 받다니 웃기다.

바람이 불었다. 따뜻하고 부드러웠다. 네로의 털이 부드럽게 바람을 탔다. 내 손길이 느껴질 때마다 가릉거렸다. 바람이 불 때마다 네로의 몸이 조금씩 부풀었다. 바람은 아무것도 아닌 거라고 생각했는데 꽃눈이 벙그는 것도 네로의 몸집이 커지고 살이 붙는 것도 나무의 둘레가 두꺼워지는 것도 작은 꽃들이 피고 지는 것도 곡식이 익고 석류가 벌어지는 것도, 바람의 쓰다듬이 있기 때문이라는 생각이 들었다.

—바람이 달다.

방에만 누워 있기 갑갑하다며 바람을 쐬어 달라던 엄마 생각이 난다. 공원 벤치에 앉아 바람을 맞던 엄마가 했던 말이다. 두 눈을 감고 얼굴을 내밀어 바람을 맞던 파리한 엄마의 낯빛. 엄마는 파란 힘줄이 내비칠 정도로 말라, 파르르 떨리던 손으로 내 잔 머리칼을 쓸어주었다. 볼과 턱을 끊임없이 쓰다듬던 엄마의 꿈결 같은 손길. 내 입안에서는 침이 달게 고였다. 그즈음 엄마 눈빛은 불꽃이 점점 작아지는 촛불처럼 사그라지고 있었다.

그해 봄, 미지근한 물속 같은 바람을 끝으로 엄마는 세상의 바람을 더 이상 맛보지 못했다. 엄마가 내 잔 머리칼을 쓸어 넘길 때와 내가 네로의 털을 쓰다듬을 때, 손끝의 감각이 비슷한 것일까.

손님이 얼추 빠지자 이상은 다시 나를 불렀다. 꽃그림이 우아한 찻잔에 밀크티를 주었다. 카페 이상에 오면 기분이 좋아진다. 은은한 커피 향이 기분을 돋우고 예쁜 찻잔의 손잡이가 손가락에 착 감기는 게 좋고, 무엇보다 차를 건넬 때의 아저씨에게서 존중이라는 것이 보여서 좋았다. 처음으로 내가 귀한 사람이 된 것 같은 느낌이라고 할까. 카페에 들어서면 나도 모르게 말이 많아지는 것도 그런 이유 때문일 것이다.

밀크티에 손을 대기 전에 이상을 살피려고 할 즈음, 눈앞에는 사각 쟁반이 날아왔다.

—연두야, 연두야. 네가 고를 연두 콩이다.

이상은 내 명찰을 가리켰다. 덥수룩한 턱수염이 송충이처럼 움직였다.

커피는 로스팅 후 삼 일 정도 숙성된 것이 제일 맛있다고 했다. 오늘 고르는 커피는 돌아오는 주말에 쓸 거라고 한다. 주말을 준비하는 커피, 콩을 고르는 것은 커피 속에 마법을 거는 걸지도 모른다. 풍미가 더해지고 입 안 가득 향기가 오래 머물 수 있도록. 스치는 모든 것에 바람이 마법을 걸듯, 사람의 손길이 닿는 모든 것에 윤기가 흐르고 따스함이 고이며 단맛이 돌아 부드러워지는 것처럼.

콩을 고른 뒤, 차갑게 식은 밀크티를 마시다가 창가 선반 위에 놓인 빨간 우체통을 보았다.

—편지 보내라고.

이상이 어지러이 널려 있는 핸드밀을 정리하며 말했다.

—우체국에 가서 내가 부쳐주어도 되고, 편지가 오갈 때 집배원 아저씨한테 부탁해도 되고.

이상은 묻지 않아도 혼자 말하고 답했다. 카페 이상의 시계는 분명히 다르게 흘러가는 것 같은데 그게 이상하지가 않다.

—근데 왜 이상이에요?

몹시 궁금했다. 여기에 모든 해답이 들어 있을 수도 있겠다는 생각이 들었다. 이상은 대답 없이 웃기만 했다. 그의 턱수염이 씰그러졌다. 알고 보면 별것도 아닌 것을 실실 웃으며 가르쳐주지 않는 아이들이 있다. 공연히 허세부리는 것 같아 그럴 때는 두 번 다시 묻지 않는다. 보나마나 아무것도 아닌 걸 재는 경우가 대부분이다.

보라가 둑길로 걸어오는 것이 보였다. 그런데 걸음걸이가 이상했다.

가방을 챙겨 보라에게 뛰어갔다. 잔뜩 언짢은 표정이었다. 엄마에게 매질을 당해도 5분 후면 기분이 풀리는 아이인데.

—무슨 일이야?

보라는 대답 없이 내 뒤쪽으로 카페를 살피며 되물었다.

—뭐야? 왜 거기서 나와?

옷매무새도 흐트러진 게 다툰 것 같았다.

—무슨 일이냐니까?

—별일 아니야. 까부는 애가 있어서

—뭐? 그래서?

—짝을 바꿔달라잖아. 저지대 산다고 걔네 엄마가 나랑 짝꿍 하지 말라고 했대.

—…….

무슨 말을 해야 할지 모르겠다.

—네로는?

보라가 말을 돌리려고 카페 주변을 둘러보며 물었다.

—그래서?

—네로야~.

—딴청 부리지 말고.

보라는 아무렇지도 않게 다시 네로를 부르며 사방을 두리번거렸다.

중학교 입학할 때의 일이 떠올랐다. 신지구 고층 아파트랑 구지구 저지대 동네랑 학군을 달리 해달라고 피켓 시위를 하는 사람도 있었다. 구지구 아이들과 같은 학교에 보낼 수 없다는 것이 고층 아파트 사람들 의견이었다. 고층 아파트 쪽으로 질러가면 학교도 금방 갈 수 있는데 펜스를 쳐서 먼 길로 돌아가게 만들었다.

—그만 생각해. 언니는 만날 뭐가 그렇게 심각해?

—후우, 언니 중학교 때도 있었던 일이야.

세상이 더 좋아지진 않는 것 같아, 라는 말을 덧붙이려다 그만두었다. 굳이 말하지 않아도 보라는 이미 온몸으로 알고 있을 것이다.

네로가 보라 앞으로 어슬렁거리며 나타났다. 바로 뒤이어 또 한 마리의 고양이가 따라왔다. 눈치를 보며 담장 밑으로 몸을 낮추며 걸었다. 여자 친구인가? 누런 바탕에 아이보리색 줄무늬이다. 네로의 몸은 요즘 들어 몰라보게 뚱뚱해졌다. 음식을 지나치게 얻어먹는 모양이다. 네로는 이미 길고양이가 아니다. 우리 집과 카페 사이의 반경을 벗어나지 않았다.

보라는 어정거리는 몸짓으로 네로를 끌어안으며 말했다.

—우쭈쭈, 우리 뚱뚱이 신사님~ 다이어트 좀 해야겠는데? 누구야? 여자 친구야?

누런 줄무늬는 주차해놓은 차 밑으로 숨으며 네로 곁을 맴돌았다. 있는 듯, 없는 듯, 잽싼 몸놀림이 길고양이 생활을 오래한 것 같았다. 눈치도 빠르거니와 주위에 대한 경계가 심했다. 대낮에 거리로 나선 건 네로가 있기 때문이다.

—그래서? 어쨌는데? 혹시 너 설마?

—때렸냐고?

—응.

—내가 바보인 줄 아냐?

—근데, 걸음걸이도 그렇고 옷은 왜 흙먼지가 잔뜩이야?

앞서가는 보라의 옷을 털며 내가 말했다.

—벌 받아서 그래. 오리걸음인가 뭔가. 우리 반 전체 받은 거니까, 신경 쓰지 마.

손등과 팔뚝에 멍이 시퍼렇다.

—이건 왜 이래? 무슨 일 있는 거야?

보라의 손등을 가리키며 물었다.

보라는 치맛자락을 툭툭 털며 말했다.

—몰라, 나도. 부딪힌 적이 없는 거 같은데 멍이 들어 있어.

—너, 똑바로 말 안 해?

엄마처럼 소리를 질렀다. 맞지 않고는 이럴 수 없다.

—왜 그래? 오버하지 마~. 엄마는 한 명도 많아.

보라는 목소리를 깔며 눈을 지그시 내려떴다.

—누구한테 맞고 그러는 건 아니지?

—나를 누가 때려? 죽을라구. 그리고 맞으면? 언니가 와서 때려줄 수는 있고?

—이게, 언니가 못 때릴 것 같아?

—됐어. 울지나 마셔.

—…….

—카페 아저씨 어때? 친절해?

— 응, 비교적.

— 잘생겼어?

— 건 모르겠고. 요새 뭐가 그렇게 바빠? 통 집에 있질 않잖아.

— 새 친구들을 만났으니 당연하지.

천변에 갈색으로 엉겨 있는 풀숲에서 종달새가 포르르 날아올랐다. 한두 마리로 시작해서 연달아 수십 마리가 떼 지어 날았다. 보라와 나는 발길을 멈추고 그것들을 지켜보았다. 오르락내리락 작은 몸집으로 낮게 날아 물가의 버드나무에 앉았다. 처음엔 커다란 나비처럼 보였다. 참새보다는 작고 나비보다는 컸다. 아마도 발자국 소리와 말소리 때문에 은신처에서 나온 모양이다. 보라와 나는 한참을 서서 그것들을 지켜보았다. 해가 서쪽의 빌딩 숲에 가려 서서히 약해지고 있다.

보라가 네로를 내려놓자 네로도 줄무늬가 있는 차 밑으로 들어갔다. 보라는 차 밑을 들여다보며 소리쳤다.

— 네로야, 네 여친은 얌전하니까, 얌이야.

나도 쭈그려 앉아 네로와 줄무늬를 찾아보았다. 서로를 핥아주고 있다.

— 얌이 어때? 언니?

보라가 차 밑을 본 뒤 일어서는데 코에서 검붉

은 것이 흘러내렸다. 코피였다. 고개를 숙이며 교복에 떨어지는 것을 막아보려고 했다. 하얀 시멘트 바닥이 점점이 붉어졌다. 보라가 손으로 코를 막았다. 집으로 데리고 들어와 휴지를 대주었다. 보라의 손은 피범벅이었다. 보라는 고개를 뒤로 젖힌 채 쪽마루에 앉았다. 물을 떠다 보라의 손을 씻기고 교복에 묻은 핏방울을 닦아냈다.

—헤헤 미안.

보라가 물 묻은 내 손등을 톡 치며 말했다. 전에도 종종 코피를 흘리긴 했지만 한동안 뜸했는데 다시 시작인 것 같아 겁났다. 엄마도 없는데.

유겸이와 나는 거의 말이 없다. 쉬는 시간에도 각자의 일에 집중했다. 유겸이는 스프링노트에 뭔가를 스케치하다 끼적이거나 책을 읽기도, 교과서를 설렁설렁 넘기기도 했다. 우리가 짝이 되기로 마음먹은 건 서로의 세계를 방해 받지 않을 상대를 고른 건지도 모른다. 신경 쓰게 하지 않고 신경 쓰고 싶지 않으며 무심하게 지내도 별 탈 없는 그런 아이를 택했을 것이다.

어젯밤에 읽은 고흐 얘기를 꺼낼까 하다가 그만두었다. 공연히 진지 빠는 지질한 아이로 보일 수 있을 것 같았다.

—우리 집 앞에 허름한 카페가 생겼어.

유겸이는 말없이 고개를 들어 나를 보았다.

—완전 아날로그 방식. 숯으로 원두를 볶아 손으로.

—그래.

유겸이는 요즘 아이들 같은 호들갑이 없다. 그다지 놀랄 것도 새로울 것도 흥미로울 것도 없다는 반응이 대부분이다. 나도 요즘 아이들 같지 않다는 말을 종종 듣곤 하는데, 유겸이를 보면 나를 보는 것 같기도 했다.

—카페 안에 우체통이 있는데 편지를 써주면 부쳐준대.

—그래?

좀 전과는 다른 반응이다.

어제 고호의 책을 읽으며 나도 누군가와 편지를 주고받고 싶었다. 고호의 책을 꺼내 유겸이의 책상 위에 올려놓았다.

—대출 기간이 아직 남아서. 볼래?

그림 그리는 걸 좋아하는 것 같다고 붙이려다가 그 말은 뺐다.

유겸이는 연두색 포스트잇을 건넸다.

—내 메일 주소.

전화기가 없으니 전화번호 대신이다. 유겸이의 메일 주소를 바라보았다. 컴퓨터가 없다는 말을 차마 할 수가 없다. 피시방에 갈 수도 있지만 그려고 싶지 않았다. 담배 연기 자욱한 피시방은 금세 머리칼과 옷에 냄새가 배었다. 보라는 가끔 피시방에 간다. 그럴 때마다 옷을 털고 머리를 감곤 한다. 엄마한테 발각되는 날에는 뼈도 못 추린다고 했다.

카페 이상의 빨간 우체통이 떠올랐다. 카페의 주소를 적어서 유겸이에게 건넸다. 가끔 만두 가게 우편물이 우리 집으로 잘못 배달되곤 했다. 그래서 카페 주소도 훤히 안다. 우리 집과 번지 수 하나 차이다.

유겸이가 주소를 보며 나를 올려다보았다. 뭐지? 하는 그런 눈빛이었다.

—카페 우체통, 그거 한 번 이용해보자고. 완전 아날로그 방식.

나는 포스트잇을 다시 유겸이에게 내밀며 집주소를 적어 달라고 했다. 유겸이의 집은 신지구 고층 아파트다.

유겸이가 말없이 고흐 책을 집어 들기 위해 손을 뻗을 때 교복 소매 끝이 위로 올라갔다. 왼 손목 안쪽에 빨간 상처 자국이 보였다. 뽀얀 살결에 선명하고 도도록하게 솟아 있는 붉은 선. 유겸이는 재빠르게 소매를 끌어내리며 감추려고 하였다.

나는 짐짓 못 본 체했다.

## 그날 별리동 정류장에 있었나요?

카페 이상에 가면 제일 먼저 우체통을 살피는 버릇이 생겼다. 유겸이에게 주소를 적어주고 나서부터다. 다른 아이들이 알면 완전 구닥다리라고 놀림감이 될 수도 있지만 나에게는 유일한 통신 방법이다.

청매화의 푸른 물이 가지마다 올랐고 하얀 팝콘 같은 매화꽃이 톡톡 터지고 있다. 매화꽃 지면 벚꽃이 필 것이다. 그러면 벚꽃 축제가 벌어지고 벚나무 아래는 사람들로 넘쳐날 것이다.

—제가요, 아저씨가 주는 음료를 마시지 않고 콩을 고르면 어떻게 되는 거예요?

아저씨는 큰 소리로 웃으며 말했다.

—푸하하하, 나랑 거래를 하자는 거지?

—에이, 무슨 거래씩이나요. 제가 가끔 아저씨

우체통을 활용할 일이 있을 거 같아서요.

— 오, 그래?

아저씨는 급 반색을 하며 우체통을 대견한 눈길로 바라보았다.

— 저는 아주 가난한 집 딸이기 때문에 돈 쓸 일이 없어서 일단 시간이 많고요.

— 와, 그거 마음에 든다.

— 그래서 제 시간을 아저씨는 사고 저는 팔고. 저는 가난한 집의 딸로서 용돈이라는 걸 써보고요.

나는 숨을 고르느라 한 박자 쉬었다.

— 그리고 해, 핸드픽인가 그건 저보다 숙달된 사람이 없을 거고요.

— 것도 마음에 든다.

얘기가 잘 풀렸다. 이상 앞에서 점점 말이 많아지는 나를 보고 스스로 놀란다.

— 오케이.

아저씨가 명쾌하게 외쳤다.

가족관계 증명서랑, 부모님 동의서만 받아오면 된다고 했다.

아주 간단하고 유쾌하게 알바 계약이 체결되었다.

봄볕이 따뜻해지자 천변을 산책하는 사람이 많아졌고 신지구와는 다르게 차분히 가라앉아 있으며 마치 흑백사진 같은 구지구의 분위기를 좋아하는 사람들이 오기 시작했다. 나는 콩을 고르기도, 찻잔을 씻기도, 카페 주변을 청소하기도 했다. 원두를 종류별로 로스팅하거나 내리는 일은 무척이나 까다로운 일이기에 손을 댈 수 없었고 주문이 밀렸을 때, 이상이 정해준 양의 원두를 넣고 핸드밀로 커피를 가는 것은 가끔씩 하게 되었다. 나는 아무래도 좋았다. 손님이 없으면 책을 보기도 공부를 하기도 했다.

이상이 지하실로 커피를 볶으러 내려가고 혼자 있을 때였다. 로스팅은 숯불로 하기 때문에 보통 카페 문을 닫고 한다. 로스팅을 하다 멈추거나 쉬게 되면 커피 맛이 달라진다고 한다. 이상은 어느 때보다 로스팅 할 때 제일 예민하다. 아저씨에게 커피는 단순한 음료 한 잔이 아니다. 커피 내리는 과정을 보면 예술 작품 만들 듯 한다. 커피 맛은 로스팅과 드립에 달렸다고 할 정도로 정성을 들였다. 오늘따라 인기 많은 원두가 일찌감치 떨어졌다. 그러면 대개 다른 커피로 안내하며 주문을 돌리는데 소량이라도 준비해놓고 싶다며 내려갔다.

카페 출입문의 풍경 소리가 울리자 가느다란 목소리가 이어졌다.

—저어, 이거 좀 버탁해도 될까요.

목소리가 나온다기보다 들어가는 듯했다. 잔뜩 기가 눌려 어찌할 바를 모르는 것이 그대로 전해졌다. 가느다란 외꺼풀 눈에 검은 머리카락을 길게 늘어트린 여자가 전단지 한 장을 내밀었다. 외모는 동양적인 분위기인데 외국에서 오래 있다가 온 발음이었다. 조합이 되지 않아 전단지를 받아 들고 얼굴을 살폈다. 물건을 팔아달라는 것이 아니라 전단지를 카페에 놓아달라는 거였다. 문전성시를 이루는 신지구처럼 왕래가 잦은 곳이라면 모를까, 홍보를 위해서는 신지구가 훨씬 나을 텐데.

그녀는 메고 있는 에코백에서 한 뭉텅이의 전단지를 꺼냈다. 나는 손을 내저으며 말했다.

—전 알바생이에요. 사장님께 여쭤봐야 될 거 같은데요?

—아르바생?

—네. 죄송한데요, 잠깐 기다리시겠어요?

의자를 가리키며 자리를 안내했다.

그녀는 살짝 미안한 웃음으로 고개를 끄덕거렸다.

—코마워어요~.

나는 아저씨가 올라오길 기다리며 전단지를 보았다.

'1981년 9월 그날 별리동 정류장에 있었나요?'

라는 문구 아래, 버스 정류장 앞에 아기를 건네는 어린 엄마와 팔을 뻗어 아기를 받는 아주머니의 모습이 컴퓨터 그림으로 조악하게 그려져 있다.

"저, 잠시 화장실에 다녀올 동안 아기 좀 봐주실 수 있나요?"

아기 엄마는 아기를 건네며 말했다.

"그래요, 다녀와요."

아기를 받아 안은 아주머니의 대답이었다.

'그러나 엄마는 돌아오지 않았습니다.

그 아기는 저입니다.

저는 그 후에 프랑스로 입양되었습니다.

지금은 한국에서 엄마를 찾고 있습니다.

그때 별리동 정류장에 계셨다면 저에게 연락주세요.

부탁드립니다.'

전단지를 뚫어져라 바라보았다. 엄마를 찾는 거였다. 1981년, 그로부터 삼십여 년이 지났다.

그녀에게 물 한 잔을 건넸다. 그녀는 목 인사를 한 후 물을 마시며 실내를 찬찬히 둘러보았다. 좀 창피했다. 그녀는 프랑스에서 온 사람이다. 아저씨가 꾸민 실내 인테리어이니 엉성, 서툶, 조악, 자질구레 뭐 이런 단어가 떠오를 정도로 유치찬란했다. 좋게 말해야 소박, 단순, 편안함, 천진난만이지 내가 보기엔 촌스럽기 그지없다. 선반으로 된 책꽂이에 좀 어려운 철학책이 꽂혀 있는 게 오히려 어울리지 않았다. 어제 오후 고흐 책을 읽는 나를 보고 아저씨는 말없이 뒤통수를 쓸고 지나갔다. 언젠가는 카페에 있는 철학책도 읽어봐야겠다는 생각이 들었다. 벽돌만 한 책은 그 무게도 상당했다. 폼으로 꽂아놓은 경우도 많아 별 기대 없이 책을 들춰보았다. 밑줄 옆에 연필로 쓴 자국이 빼곡했다. 아저씨 글씨체였다. 교재로 쓰인 게 아닌가 싶을 정도로 빽빽하게 주석을 달아 놓았다. 철학책을 본 후 아저씨의 정체가 궁금해지기 시작했다.

별리동 정류장이라면 바로 이 근방이다. 카페에서 한 블록 지나 다리를 건너면 사거리가 나오고 사거리 안쪽에 시외버스 터미널이 있었다. 터미널이 시 외곽으로 빠지고 그 자리에는 49층 고층 아파트가 들어선 지 몇 년 되었다. 게딱지처럼 저지대에 붙어사는 입장에서 보면 뜬금없이 나타난 거대 괴물이었다. 건물 고도를 표시하는 LED 전등이 들어오면 공중에 우주정거장이 기지개를 켜는 것처럼 보였다. 물리적 거리로는 아주 가까운 곳이지만 그곳은 우리에게 완전히 다른 세계였다.

아기를 건네받은 아주머니는 어디에서 와서 어

딘가로 가기 위해 버스를 기다리고 있었을 것이고, 아기를 건넨 어린 엄마는 어디에서 와서 아기를 맡길 만한 사람을 물색하고 맡긴 뒤 어딘가로 갔을 것이다. 무언가 구체화시키기엔 빈 괄호가 너무 많았다. 특히 이곳이 터미널 주변이었다는 게 더욱 막막하게 만들었다.

조금 있으면 로스팅을 마칠 시간이다. 이제 냄새만 맡아도 조금 감이 온다. 아저씨는 커피를 식히기 위해 커다란 쟁반에 윤이 반들거리는 원두를 펼쳐놓으며 핸드픽을 할 것이다. 내가 놓친 결점두를 한 번 더 골라낼 것이다. 커피 볶는 냄새는 지하에서 위로 조금씩 올라와 카페 주변을 가득 채웠다. 처음 커피 냄새를 맡던 날, 카페 안은 비어 있고 커피 냄새만 진동했던 진원지는 바로 지하 로스팅실이었다. 로스팅실은 우리 집과 높이가 같다.

카페 문이 열리고 아저씨가 들어왔다.

— 아, 손님 오셨네.

— 아니, 그건 아닌 것 같고요.

내가 전단지를 내밀었다. 아저씨가 전단지를 보고 있을 때, 그녀는 천천히 일어서 허리 숙여 인사했다.

— 아, 예, 예.

아저씨도 황급히 인사를 받으며 허둥댔다.

—버탁드립니당.

그녀는 아까처럼 에코백에서 전단지 한 뭉치를 꺼냈다.

—네, 어렵지 않은 일입니다.

아저씨는 전단지를 받아 탁자 위에 올려놓으며 손으로 다독거렸다.

—다른 곳에도 놓으셨나요? 저쪽 사거리 신지구 주변 상가도 좋을 것 같은데.

그녀는 손을 내저었다. 여기까지 온 것만으로도 지친 표정이었다.

—잠깐만 기다리세요.

아저씨는 주방에서 밀크티를 만들었다.

—드세요.

—괘차나요.

그녀는 손을 내저으며 사양했다.

—아니에요, 들고 가세요. 괜찮습니다. 전단지 떨어지면 저기 연락처로 연락드릴게요. 마, 마농? 유 네임?

—네, 마농입니다.

마농은 말없이 밀크티를 마시며 나와 눈이 마주칠 때마다 웃었다. 그녀의 하얗고 똑 고른 이와 자연스럽게 흘러내린 까만 머리칼이 어울렸다.

마농은 엉거주춤한 걸음걸이로 전단지에 눈길을 주며 인사를 하고 카페를 나섰다.

사람들은 카페 이상에 가면 공연히 착해지는 느낌이 든다고 한다. 아무것도 첨가하지 않은 담백함 때문일까. 아니면 이상만의 사람 냄새나는 수제 방식 때문일까. 그런 분위기 속에서 대접받고 가는 기분이 든다고 한다. 특히 주인장이 찻잔에 찰랑찰랑 넘치기 직전의 커피를 쟁반에 담아 서빙하는 모습은 카페 이상의 압권이라고 했다. 커피가 넘치는 것을 막기 위해 살금살금 발길을 옮기는 모습에서 사람을 대하는 정성과 마음을 읽는다고 해야 하나? 사람들은 커피가 서빙 되는 동안 잠깐 말을 멈추고 숨을 죽이며 무사히 안착되기를 지켜볼 수밖에 없다. 조붓한 카페 안에서 커피가 서빙 될 때면 모든 손님이 지켜보며 응원하게 된다. 커피는 흘러넘치는 법 없이 무사히 손님 앞에 서빙 된다.

가장 맛있는 물 온도를 찾기 위해 포물선을 길게 늘이며 물을 떨어뜨리는 모습은 또 하나의 볼거리다. 그 흔한 아메리카노 기계 없이 오로지 수작업만으로 커피를 만드는 카페로 소문나기 시작했다. 주인만의 철학이 있는 카페로 사람들의 발길이 이어지고 있다는 것이다.

동네 신문에 났던 기사다.

내 생각은 좀 다르다. 아저씨가 낯선 사람에게 건네는 저 밀크티와 코코아에 답이 있는 것 같다.

경직되고 옹이 진 사람의 마음을 스르륵 풀어지게 만드는 부드럽고 따듯하고 달콤한, 어쩌면 차를 건네는 아저씨 손길이 마법을 거는 것이 아닐까?

손님들은 점점 커피를 고르지 않고 아저씨에게 추천을 받았다.

—오늘 같은 날은 뭘 마시면 좋을까요? 추천해 주세요.

—음…….

아저씨는 창밖 날씨를 살핀 뒤 손님 얼굴을 보며 말한다.

—블루마운틴은 어떠세요, 향미가 달콤하고 밸런스가 뛰어난 커피예요.

—오늘 좀 꿀꿀해요. 가벼운 것보다 무거운 거로요 진하게.

—음, 타라주나 안티구아 중에서 골라보실래요?

—밤을 샜더니 눈이 너무 무겁네요. 묵직한 거로 잠이 확 깨는 거 없을까요?

—음, 오늘은 풀시티로 볶은 만델링이 어떠세요?

아저씨가 음……, 하는 시간이 길어지면 그날의 날씨나 손님의 기분을 좀 더 신중히 살피는 거다. 그러면 손님들은 오늘 내 기분이 어떤 거 같아요? 맞혀보실래요? 하는 표정으로 기대한다. 마치 점집 무당이나 철학관 도사 앞에서 지난 과거를 맞혀보라고 얘기하는 거처럼. 좀 분위기가 이상하게 돌아가는 것 같지만 손님들은 아저씨가 권한 커피를 마신 뒤 기분이 좋아져서 돌아가곤 했다.

전기 포트가 아니라 가스레인지 위에 물을 끓인 후 유리 포트에 담아 공중에 포물선을 그리며 최소한 일곱 번 정도 옮겨 담는 것을 반복한다. 물을 그렇게 따르는 이유는 일정한 온도를 찾기 위함도 있지만 물속에 산소를 녹이는 과정으로, 달고 부드럽게 만들어준다고 한다. 끓인 물을 입 안에 물면 혀와 입천장을 둥글게 감싸준다고 해야 하나? 부드럽고 달았다. 정수한 물도 아니고 그냥 수돗물을 끓였을 뿐인데.

하얀 도자기 드리퍼에 커피 필터를 깔고 끓인 물로 한 차례 소독한 뒤, 찻잔에 끓는 물을 부어 일정 온도를 유지한 후 버린 다음에 내린 커피를 찰랑찰랑하게 담아낸다. 아저씨가 핸드드립으로 커피를 내리는 과정은 정갈한 의식처럼 보였다. 꼭 그런 번거로운 과정이 필요하냐고 물은 적이 있다. 잔을 데운 것과 그렇지 않은 것은 커피 맛이 다르다고 했다. 머그잔이 아니라 잔 받침을 갖춰 찻잔에 담아내는 것도 커피 마시는 시간만이라도 누군가에게 존중받고 있다는 느낌을 주고 싶은 마음이라고 했다. 그러고 보니 이제껏 아저씨에게 건네받은 찻잔은 모두 다 잔 받침을 갖춘 도자기 찻잔이었다. 내가 카페 이상에 오면 기분이 좋아지고 말이 많아지는 것도 그런 이유라는 걸 알았다.

며칠 후 마농이 찾아왔을 때 마농의 손에는 쿠키 상자가 들려 있다.

—선무울예요.

처음 봤을 때와는 다르게 마농은 활짝 웃으며 상자를 열었다. 얼굴에 옅은 화장기가 돌았다. 아주 동양적인 얼굴이었다. 프랑스에서는 단연 튀는 외모였을 것이다. 그녀가 프랑스에서 어떻게 지냈는지 궁금했지만, 섣불리 물어볼 수 없었다.

—연두우.

마농이 내 이름을 아주 부드럽게 불렀다. 그녀의 목소리는 아주 얇은 고음이다. 저 목소리로 불어를 하면 아주 멋질 것이다.

—코마워요.

—아, 아니에요.

마농은 연두색으로 된 작은 상자를 내밀었다. 동물 모양의 수제 초콜릿이다. 솜씨가 보통이 아니다.

— 히야, 연두콩. 좋겠는데?

아저씨는 언젠가부터 나를 콩이라고 부르다가 내가 청소하느라 카페 주변 멀리 비질을 하고 있을 때면 연두콩~이라고 길게 불렀다.

상자 속에는 쿠키가 정연하게 들어 있다. 맛은 어떨지 모르겠지만 비주얼은 아주 훌륭했다.

마농은 직접 구운 거라며 먹어보라는 시늉을 했다. 아저씨는 접시를 꺼내 쿠키 몇 개를 내놓았다. 어떤 거는 입 안에서 오도독 깨지며 아주 고소한 맛을 냈고, 어떤 거는 아주 부드럽게 그냥 허물어지기도 했다.

— 맛있는데요?

아저씨가 의외란 듯이 말했다.

— 프랑스에서 배워써요.

마농이 부끄러운 듯 고개를 밀어 넣으며 말했다.

손님이 오면 커피와 함께 마농 쿠키를 냈다. 손님들은 맛있다며 웬 거냐고 물은 뒤 사갈 수도 있냐고 물었다. 아저씨는 전단지를 보여주며 쿠키의 출처를 애기했다. 손님들은 전단지를 새롭게 다시 보았다.

아저씨는 작은 상자를 만들었다. 상자 이름은 마농 쿠키였다. 마농 쿠키를 팔기로 했다. 쿠키 판 돈은 상자 안에 따로 넣었다. 전단지 값은 쿠키로 마련하는 게 어떻겠냐는 이상의 제안이 있었고 마농은 두 손을 내젓다가 결국엔 허락했다.

마농 쿠키는 인기가 좋았고, 쿠키를 먹으며 사람들은 자연스럽게 전단지를 눈여겨보다 한 장씩 가져갔다.

카페 이상은 월요일에 쉰다.

—내가 생각하는 괜찮은 곳은 대개 월요일에 쉬드라. 그래서 월요일에 쉬려고.

웃음이 났다. 자기 가게가 꽤나 괜찮다고 생각하는 자아도취식 발언을 아무렇지 않게 하다니, 좀 뻔뻔한 거 아닌가? 박물관도 아니고, 시립도서관도 아니고, 갤러리도 아니면서.

마농은 쿠키 상자를 말없이 놓고 갈 때가 많았다. 내가 학교에 있고 아저씨가 잠깐 카페를 비운 사이에 살짝 놓고 가는 경우도 있다. 아저씨가 챙겨주는 쿠키 판 돈을 받아가는 게 못내 미안한지 그것을 받을 때마다 몸 둘 바를 몰랐다. 그래서 그런지 아무도 없는 카페에 소리 없이 들여놓고 전단지를 보충해놓고 갈 때가 있다. 아저씨가 재료비 정도라고 얘기하며 한국에 머물 시간이 길어지면 자구책도 필요한 거라고 말해 그나마 나아졌다.

그날은 토요일 오후였고 카페는 테이블마다 사

람들로 꽉 찬 상태였다. 야외 테이블에도 삼삼오오 모여 있어서 주문이 꽤나 밀린 상태였다. 주문을 받으며 수작업이라 10분 이상은 기다려야 한다고 양해를 구하면 손님들은 대부분 괜찮다고 말한다. 양해를 구하는 게 오히려 민망할 정도로 대부분 흔쾌히 기다려줬고 기다린 만큼 커피를 즐겼다.

마농의 연락처는 입양단체로 되어 있다. 입양단체에 종종 연락이 오는데 사실 관계를 확인해 보면 대부분 맞지 않았다. 입양기관에 마농이 오게 된 1981년 9월의 어느 하루가 상세히 적혀 있다. 그날 마농이 입었던 옷, 포대기, 쓰고 있던 모자 등이 기록되어 있고 사진도 남아 있다. 아기를 맡긴 정황이 제법 구체적으로 나와 있기 때문에 조금 구체성을 띠어 확인하면 근접한지 아닌지도 알 수 있다. 마농은 제보가 오는 것만으로도 설렌다고 했다. 같은 하늘 아래 엄마랑 있다는 상상만 해도 가슴이 꽉 차도록 따듯해진다고 했다.

—이제사 엄마를 찾으면 그 엄마는 과연 원할까?

전단지를 보고 커피를 마시는 손님이 말하는 것을 하필이면 쿠키 상자를 안고 들어서는 마농이 듣고 말았다. 내가 알은체하려고 다가가다 마농의 얼굴빛이 서늘히 변해가는 것을 보게 되었다. 문제는 손님들이 전단지를 보며 얘기했기 때문에 우리말이 서툴더라도 대강 알아들을 수 있다는 것이다.

—그렇게 맡겼으면 찾고 싶지 않다는 말 아닐까?

—그러게. 입양기관에 맡길 수도 있는데 그렇지 않았잖아.

—그러면 신분이 드러나니까 꺼렸겠지.

—그렇지. 아예 흔적도 없이 지우고 싶었는지도 몰라.

마농의 생각은 달랐다. 스무 살이 되고 서른이 넘으면서 엄마에 대한 감정은 원망이 아닌 연민으로 변해갔다. 지금의 자기 나이보다 어렸을 엄마를 그때로부터 놓여나게 해주고 싶었다. 엄마를 찾아 이렇게 자랐다고 보여주면 아기를 버렸다는 죄책감에서 벗어날 수 있겠다는 생각이 들었다. 얼마나 겁나고 무서웠을까. 입양카드에는 스무 살가량 된 앳된 아가씨처럼 보였다고 쓰여 있다. 만나지 못한다 해도 별리동 정류장에서 자신을 건네받은 아주머니라도 만나고 싶었다. 그분이라도 만날 수 있다면 최소한 근원 가까이 간 것 같은 생각이 들어서 그것만으로도 만족할 거 같다고 했다.

마농은 늘 상상했다. 태어난 곳은 어디인지, 나

를 낳은 엄마는 누구인지, 어쩔 수 없는 상황이라는 것은 무엇인지, 한국이란 곳은 어떤 나라인지. 두 눈으로 확인해야지만 비로소 놓여날 수 있을 것 같다고 했다. 평생, '나'의 출발이 어디인지 모른 채 터무니없는 상상으로 천당과 지옥을 오가게 하고 싶지 않았다. 프랑스든, 한국이든 어딘가로부터 놓아주어야만 한곳에 정착할 수 있을 것 같았다. 머무는 동안 한국 문화와 한국어를 배우며 뿌리에 가까워지는 느낌이어서 좋다고 했다.

마농의 이야기를 들으며 나는 그런 생각을 했다.

'아버지가, 나를 버리지 않은 걸 감사해야 하는가.'

'지금의 엄마가 나를 내치지 않은 걸 감사해야 하는가.'

근원을, 피를 아는 것이 오히려 저주스러울 때도 있다. 상상하는 것이 위로가 될 때가 있다.

엄밀히 따지면 지금의 엄마는 친엄마에게서 아버지를 뺏은 여자다. 내가 네 살 때 이미 보라가 태어났고 아버지는 엄마를 속였을 수도, 그것 때문에 그악스럽게 이혼을 요구했을 수도 있다. 응해주지 않자 엄마에게 폭력을 휘둘렀고 견디다 못한 엄마가 아버지를 놓아줬을지도 모른다. 아니 놓아준 것이 아니라 아버지가 돌아오지 않은 건지도 모른다. 이러저러한 것을 다 아는 것이 오히려 고통스러울 때도 있다. 차라리 아름답게 나를 상상하고 포장하는 것이 비록 사실과는 멀어질지라도 그것이 위로가 될 때가 있다.

마농은 그날 쿠키 상자도 전단지도 놓고 가지 않았다. 해쓱한 얼굴로 카페를 나서는 마농을 잡을 새도 없었다. 주문이 엄청나게 밀려 있었다.

## 바람의 길

봄비가 내렸다. 다리를 건너거나 둑길을 걸을 때가 제일 곤란하다. 바람 때문이다. 사선으로 긋던 비는 화살처럼 정면으로 날아와 교복치마를 휘감기도 머리를 엉망으로 날리기도 했다. 우산으로 방패막이를 삼아도 흠뻑 젖기 일쑤였다.

우산을 다잡으며 지나다 어젯밤, 아저씨가 했던 말이 떠올라 두리번거렸다.

—다리 아치형 돔 아래 텐트가 쳐져 있는 걸 본 적 있는데, 카페 문을 좀 늦게 닫을 때 보곤 하거든. 학교 갈 때 본 적 없니?

—못 봤는데요.

—낮에는 보이지 않다가 밤에 나타나 텐트 잠을 자는 게 아닌가 싶은데. 혹시 모르니 조심해라. 보라에게도 전하고.

밤에만 나타나고 동트는 새벽, 사라진다? 누구일까?

아저씨는 알고 있을까? 몇 년 전에 카페 마당에서 노숙인 한 명이 동사했다는 것을.

보라는 비 오는 날을 아주 싫어한다. 마당에 고인 물을 내다보며 또는 방바닥에 쩍쩍 들러붙는 발소리를 들으며, 낡은 처마 밑으로 떨어지는 낙숫물을 바라보며 착 까부라진 목소리로 말한다.

—에이, 오늘 날씨가 왜 이래. 언제 그치지? 하루 종일 올 모양? 그럼 안 되는데.

허공에 대고 투정부리듯 구시렁거린다.

—난 비가 정말 싫어.

보라는 마침표 찍듯 뇌까리며 우산을 펴고 빗속으로 뛰어갔다.

더군다나 보라는 큰물에 집이 잠기는 일을 두 번이나 겪었다. 하수구 물이 꾸역꾸역 방 안으로 밀려 들어오는 일은 물에 묻힐 거 같은 공포라고 했다. 비가 조금만 많이 와도 제방 아래 물높이를 가늠해보는 게 저지대 사람들의 일이라고 했으니 비를 싫어하는 건 당연한 건지도 모르겠다.

나는 보라만큼 싫어하진 않는다. 동선이 좀 불편할 뿐이지 오히려 빗속에 갇힌 듯한 아늑함을 즐길 때가 많다. 화창하게 갠 날보다는 비 오는 날이 나와 잘 어울린다는 생각이 든다. 이렇게 비

오는 날은 가끔씩 우울이 우물 속처럼 깊어져 나를 집어삼킬 것만 같다. 언젠가는 내 안의 동굴 같은 음울함이 나를 파괴할지도 모른다는 생각을 하곤 한다.

잎이 늦게 틔는 느티나무도, 꽃 피울 눈을 한창 달구고 있는 벚나무도, 벌써 흐린 연둣빛이 도는 버드나무도 잔치를 벌이며 봄비를 맞고 있다. 이런 날, 물이 잔뜩 오른 버드나무에 청진기를 대면 폭포수 같은 소리가 나기도, 꿀꺽 물을 삼키는 소리가 들리기도 한다. 중학교 3년 동안 줄곧 생태 동아리를 한 덕분에 여러 경험을 했다. 아무도 지원하지 않았기 때문에 강제로 배정된 곳이다. 어디에도 자발적으로 지원하지 않은 아이들은 어떤 의욕이 없기 때문에 어디에 들든 상관없다. 나도 마찬가지였다. 4월 첫 번째 프로그램으로 청진기를 들고 나온 선생님의 모습은 의외였고 관심을 끌기에 충분히 신선했다. 머리를 풀어헤친 것처럼 가지를 늘어트린 수양버드나무 둥치에 청진기를 댔을 때의 충격은 귀를 의심할 정도였다. 나무가 물을 꿀렁꿀렁 삼키기도 폭포수 같은 소리를 내며 쭉쭉 빨아올리기도 했다. 아이들은 연거푸 대박, 헐을 입에 달았다.

그 이후 나무와 풀, 곤충, 새에 빠져들었다. 덕분에 나는 둑길에 혼자 앉아 있거나 천변을 혼자 걸어도 그렇게 고독하지는 않다.

둑길에는 언제나 바람이 심했다. 특히 비 오는 날에는. 도시에서 유일하게 비어 있는 공간이기 때문에 바람의 길이기도 하다. 다리 위를 가로지를 때 바람의 세기는 절정을 이룬다. 학교에 도착했을 때는 몰골이 말이 아니다.

다리 끝에 다다를 즈음, 지난번에 찍어놓은 발자국을 찾아보았다. 신발 자국을 따라 물이 말갛게 고였다. 큰 신발에도, 작은 신발에도. 큰 신발의 주인은 누구일까? 아저씨가 보았다던 텐트남일지도 모른다. 자신의 보폭을 따라 찍은 내 발자국을 보고 그는 무슨 생각을 했을까. 나는 무슨 생각으로 그 옆에 또 다른 표식을 남긴 것일까.

학교에 도착할 무렵 비는 더 거세게 내렸다. 학교 앞이 혼잡하기 때문에 교문에 차를 대지 말라고 협조 공문이 나간 이후로 아이들은 골목길에 내려 학교까지 걸어왔다.

유겸이가 나를 앞질러 빗속으로 뛰어갔다. 내가 미처 부를 새도 없이 빠른 몸놀림으로 가방을 머리 위에 올리며 뛰었다. 교복 상의가 들리며 유겸이의 잘록한 허리가 드러났다. 잘록을 지나 한 줌밖에 되지 않았다. 젓가락으로 모이 쪼듯 밥알을 집어 먹던 모습이 떠올랐다.

유겸이는 자리에 앉자마자 휴지로 머리칼을 닦았다. 머리칼이 굵게 웨이브지면서 곱실하게 말려 올라갔다. 곧게 뻗은 생머리가 까맣게 찰랑거렸었는데.

— 곱슬이야.

머리칼을 보는 나를 의식한 듯 유겸이가 차게 뱉었다.

— 중학교 때 선배들한테 파마했다고 맞은 이후 줄곧 펴는 파마를 했어.

— 헐.

— 웃기지?

유겸이가 표정 없이 말했다. 어느 영화의 한 장면이 떠올랐다. 워낙 머리칼이 노란데 염색했다고 선생님한테 혼난 뒤, 돈이 없어서 까만 잉크 칠을 했다. 체육 시간이 끝날 무렵 소나기를 만나 하얀 체육복 상의에 잉크물이 떨어지자 주위 아이들이 달아나는 장면이었다.

— 보이는 것이 다가 아니잖아?

유겸이는 신경질적으로 젖은 머리칼을 잡아당기며 혼잣말처럼 뇌까렸다. 눈빛도 그 당시의 일을 떠올리는지 매섭게 빛났다.

— 무슨 말이야?

— 아냐, 암것도.

유겸이는 딱 잘라 말하고 입을 다물었다. 굳게

다문 그 입술이 오늘 몇 번이나 열릴지 알 수 없다. 그런 유겸이가 그다지 불편하지는 않다. 아이들은 쉬는 시간마다 드라마라든가 연예인 얘기에 열을 올렸다. 불륜과 연애사가 팡팡 터져 나오는 요즘, 요 근래에 이렇게 풍부한 화젯거리를 제공한 적도 없다. 아이들은 갈색 풀숲을 날아다니는 종달새 떼 같았다. 쉬지 않고 포르륵 포르륵 몰려다니며 울어댔다. 아이들 속에서 봄이 떠돌고 있다.

유겸이는 오후 내내 보이지 않았다. 미열과 두통기가 있다고 했다. 양호실에 가보았다. 그곳에도 없다. 저 멀리 교무실 앞에 담임과 유겸이, 유겸이 엄마로 보이는 사람이 인사를 나누며 헤어지는 모습이 보였다. 유겸이는 엄마와 우산을 받으며 운동장을 가로질러 교문을 향해 걸었다.

오후 들어도 비는 그치지 않았다. 여름비처럼 굵은 빗방울로 이어졌다. 수업이 끝나고 방물다리를 건널 때였다. 방물다리는 교각을 손보고 다리 상판에 조각을 장식하여 인도교로 만들었다. 차량 통행을 전면 금지한 후 각종 전시나 문화행사를 할 수 있도록 꾸민다고 했다. 지붕 있는 다리로 만들어 문화 공간으로 쓴다는 것이다. 천천히 다리 중간쯤 넘어오고 있을 때 다리 난간 앞에 두루내를 바라보며 비를 맞고 있는 아이가 보였다. 우리 학교 교복을 입었다. 몸에서 비가 뚝뚝 떨어졌다. 다리 위에는 여전히 바람이 거세게 불었다. 바람이 비를 몰고 와서 조금만 서 있어도 흠뻑 젖었다. 유겸이다.

—김유겸?

비명처럼 유겸이의 이름을 불렀다.

유겸이는 빗물이 가득한 얼굴로 돌아보았다. 빗물인지 눈물인지, 희미하게 웃는 것 같기도 했다. 오들오들 떨었다. 봄비이긴 하지만 겨울비나 마찬가지다. 우산을 씌우며 유겸이의 손을 잡아끌었다. 빨갛게 얼었다. 우산을 받고 오던 내 손도 마찬가지였다. 걸음을 재촉하자 유겸이는 비틀거리며 힘없이 끌려왔다. 손을 뿌리칠 힘도 없는 것 같았다.

이상의 문을 열었다. 펠렛난로의 불창으로 불길이 어룽거리며 타올랐다. 카페 안의 열기가 몸을 감쌌다. 비로소 마음이 놓였다. 아저씨가 놀랐는지 수건을 들고 허둥댔다. 유겸이를 난로 앞에 앉혔다. 몹시 떨고 있는 유겸이에게 카페의 담요를 겹으로 덮어주었다. 따듯한 물이 오고, 아저씨의 손에는 밀크티 두 잔이 들려 나왔다.

—바람이 꽤 불지?

아저씨가 유겸이와 나를 살피며 밀크티를 내려놓았다.

—죄송해요.

내가 나지막하게 말했다.

—걱정 마. 알바비에서 깐다, 으흐흐흐.

손님들이 유겸이를 흘낏거리며 물었다.

—연두 친구니?

—네, 제 짝이에요.

유겸이는 그제야 담요를 들추며 주변을 둘러보았다.

—그 아날로그 카페.

유겸이에게 속삭이듯 말했다. 엷게 웃으며 고개를 끄덕였다.

아저씨가 핸드밀을 부지런히 돌리다 알은체를 하고 싶은지 고개를 길게 빼고 나와 유겸이를 살폈다.

—혹시, 김유겸?

—헐.

입이 딱 벌어졌다. 도대체 모르는 게 없다. 뭐야? 황당해하는 나를 보고 아저씨는 턱으로 우체통을 가리켰다. 우체통을 바라보다 유겸이와 눈이 마주쳤다.

—아날로그 방식.

유겸이가 작게 얘기하며 픽 웃었다. 아날로그

방식은 둘만이 아는 암호 같았다. 유겸이도 웃을 때 콧등에 잔주름이 생긴다. 나처럼. 그러고 보니 다른 점도 많지만 비슷한 점도 더러 있다.

정말 우표를 붙여 편지가 오다니. 제인 에어가 마지막 다짐을 로체스터에게 편지로 고백하듯, 고흐가 동생 테오와 편지를 주고받듯. 그런 그들이 몹시 부러웠다.

우체통을 신기한 듯 바라보았다. 먼 데 어느 남모를 곳에서 온 것 같은 생각이 들어 가슴이 두근거렸다. 유겸이가 눈앞에 있는데도 편지를 보낸 당사자는 따로 있는 것 같은 착각이 들었다.

우체통을 보며 의자를 소리 나게 밀고 일어섰다. 유겸이가 내 손을 잡았다.

—나중에.

맞다. 편지를 보낸 당사자 앞에서 보는 건 아니다.

—유겸아, 너도 밀크티 값은 하고 가라.

참 성격도 좋은 아저씨다. 언제 봤다고 유겸아, 유겸아래? 영락없이 눈앞에 사각 쟁반이 날아왔다.

—뭐예요? 알바비에서 깐다면서요.

—그건 사장이 알아서 하는 거니까 신경 끄시지.

아저씨는 사각 쟁반을 눈앞에 들이대며 말했

다.

유겸이는 이상과 나를 번갈아 보며 신기해했다. 어차피 옷이 마르려면 시간이 필요했다. 결점두를 골라 보여주었다. 아저씨가 나에게 불량 생두를 일일이 나열해준 거처럼 설명을 덧붙였다. 유겸이는 제법이다, 하는 눈으로 나를 바라보았다. 유겸이와 나는 머리를 맞대고 콩을 골랐다.

—오늘 조퇴한 거 아니었어?

—맞아.

유겸이는 한눈팔지 않고 계속 콩을 골랐다.

—근데, 다리엔 왜?

좀은 주저하며 물었다. 조심스러웠다.

—갑갑해서.

여전히 고개를 들지 않고 열심히 콩을 고르며 답했다.

—바람 속의 비, 완전 시원.

—난 완전 고난의 행군하듯 오가는 곳이야.

—너를 만날 수도 있겠다는 기대감도 있었고.

—…….

가끔 유겸이는 거침없이 치고 들어온다. 그래서 상대방의 마음을 일렁이게 만든다. 그럴 때마다 당황스럽다. 저돌적이고 열정적이었을 텐데 무슨 일이 있었기에 이토록 냉정하고 차갑게 변했을까.

빗줄기가 좀 가늘어졌다. 유겸이는 내 우산을

쓰고 방물다리를 건너 신지구로 향했다.

다리를 건너가는 유겸이를 카페 창으로 내다보았다. 한없이 땅을 보다, 다리 중간을 건널 때쯤엔 다시 바람을 맞으며 휘돌아 흐르는 물길을 향해 서 있다. 의자를 정리하다 멈추고 유겸이를 바라보았다. 무사히 다리를 건널 수 있을까? 내일은 학교에 올 수 있을까? 어느 새 유겸이는 신지구의 화려한 불빛 속으로 사라졌다.

우체통 속에는 연두색 편지봉투가 들어 있다. 연두색을 좋아한다더니. 카페의 주소가 또박또박 동그란 글씨체로 쓰여 있다. 굵은 펜으로 쓴 듯 삐침이나 흘림 없이 둥글면서도 안정적인 글씨체였다. 그런데 내용은 그렇지 않았다.

> 내가 왜 그림을 그리고 싶어 하는지 알아?
> 지울 수 있잖아.
>
> 누군가에게 마음을 주는 것도,
> 친절을 베푸는 것도 조심해야 해.
> 내가 준 마음이, 내가 베푼 친절이
> 칼날이 되어 돌아올 때가 있거든.

오싹했다. 경고의 말 같기도, 경계를 하란 말 같기도. 가끔씩 보였던 차가움이 이런 데서 온 것이겠구나, 하는 생각이 들었다.

편지를 읽고 또 읽었다. 유겸이는 누군가한테 마음이라는 걸, 친절이라는 걸 준 적이 있다는 얘기다. 그 상처로 힘들어하는 것이라는 생각이 들었다. 나는 아무도 믿지 않는다. 그러기에 어떤 누구에게도 진짜로 마음을 주거나 친절을 베푼 적이 없다. 그런 척하는 것뿐이다. 물론 세상도 나에게 마음을 주거나 친절을 베풀어주지 않았다.

동생 보라? 그래, 보라에게 내가 마음을 주고 친절 정도는 주었는지는 모르겠다. 그렇지만 다 열어준 건 아니다. 언젠가는 엄마와 보라가 떠날 거라는 걸, 보라도 기꺼이 엄마를 따라 나설 거라는 걸 알기 때문에 나는 섣불리 올인하는 짓 따위는 하지 않는다. 상처 받지 않기 위해, 마음 아프지 않기 위해, 그래야 견딜 수 있으니까. 어떻게 보면 차가운 얼음덩이는 나인지도 모른다. 유겸이도 나에게서 그것을 읽었을 수도 있다. 난 연두가 좋아, 라는 말을 꺼내기 전에 알아챘는지도 모른다.

—연두콩, 커피잔 잔뜩 쌓여 있는 거 보세요~. 무슨 편지가 그리 길어?

아저씨는 원두 자루를 정리하느라 끙끙댔다.

—그리고 이거. 이거야말로 알바비서 깐다. 그

리 알어.

원두자루 옆에 세워놓았던 작은 포대를 탁자 위로 올리며 말했다.

—뭐예요?

유겸이의 편지를 가방에 넣으며 물었다.

—…….

쌀이다. 이 아저씨 뭐지?

—웬 거예요?

어제 저녁을 끝으로 쌀이 완전 바닥났다. 어제 남은 찬밥으로 간신히 보라 아침을 차려준 뒤, 학교에 빨리 가야 한다며 나왔다.

어젯밤, 보라가 엄마와 통화하는 소리를 들었다.

—뭔데? 왜 안 들어오는데? 엉? 뭐라고? 아, 몰라. 언제 올 건데?

보라는 어느 때부터 내 앞에서 엄마 얘기를 하지 않았다. 그날 물병을 집어던진 뒤인 것 같다. 내가 죽일 듯이 엄마를 노려보는 것을 보라가 보았다.

쌀 포대를 한참 동안 물끄러미 바라보자 아저씨가 말했다.

—알바비서 안 까 인마. 그냥 가져가서 먹어. 우리 집에 남은 쌀이 있어서 앞으로 날 더워지고 그러면 벌레 생기거든, 그래서 그래.

알바비가 나오면 쌀부터 사려고 했다. 엄마가 돌아오지 않으면, 엄마가 우릴 두고 떠나버리면, 아니 내가 잠든 새 보라만 데리고 떠나버릴 수도 있다는 상상을 수도 없이 했다. 게딱지 같은 지붕이 허물어져 덮칠 것 같은 공포에 시달리는 거처럼 나는 혼자되는 것을 무척이나 두려워했다. 그날 이후 지붕에 깔려 저지대 늪 속으로 가라앉는 꿈을 꾸기 시작했다. 펄 흙이 입 속으로 들어와 숨이 쉬어지지 않을 때 가쁜 숨을 뱉어내며 잠에서 깨곤 했다.

— 그냥은 싫어요.

나는 고개를 숙이고 낮은 목소리로 말했다. 아저씨는 이미 다 알고 있는 것 같았다. 엄마가 들어오지 않는 것도, 쌀통에 쌀이 빈 것도, 기름이 떨어져 보일러를 돌리지 못하는 것도, 친엄마 아버지가 다 돌아가신 것도, 계모와 이복동생과 함께 살고 있는 것도, 하루가 멀다 하고 아이들 잡는 소리가 담장을 넘어 동네방네로 퍼져 혼자 된 후로 애들을 쥐 잡듯이 잡는다는 동네 사람들 말을 다 수집하고 분석했는지도 모른다. 나에게 선뜻 알바를 시킨 것도 그리고 지금 눈앞에 이 구호식량 같은 쌀 포대도 다 적정한 선의 원조 같았다. 그런 대상이 되는 것이 싫었다. 무엇보다 내 처지가 적나라하게 보이는 게 창피했다.

— 알바비서 까라고? 그래, 그럼.

아저씨는 바짝 마른 나무토막 같은 말을 던진 후 로스팅실로 내려갔다.

네로와 얌이가 뒷문으로 들어왔다. 그날 이후 항상 붙어 다닌다. 참 잘 어울렸다. 서로 거슬리지 않게, 상대가 싫어하는 건 절대 하지 않는 그런 사이 같았다. 앞서 걷는 네로 뒤를 얌이가 조신조신 따르고, 네로는 가끔씩 얌이가 있나 없나 확인하며 걷는 게 보기 좋았다. 먹이가 생겨도 다투는 법이 없다. 네로는 얌이가 먹은 다음에 남은 것을 먹었다. 네로는 우리 집에서 보라가 챙겨주는 것을 또 먹을 수 있으니 그럴 거다.

비 온 뒤 하천 주변으로 이내가 깔렸다. 빗방울을 달고 있는 둑길의 벚나무 가지가 보이고 물길 위에는 하얀 이내가 서리서리 피어올랐다. 카페 전면 창으로 두루내와 방물다리 전경이 신비롭게 펼쳐졌다. 다음 주말이면 벚꽃이 흐드러질 거라고 한다.

다음 날, 유겸이는 학교에 오지 않았다. 아프다는 전화가 왔다고 했다. 이러다 유겸이도 사라지는 게 아닐까. 사람들은 시간도 주지 않고 사라졌다. 엄마가 그랬고, 아버지가 그랬고, 초등학교 때 라푼젤이 그랬고, 지금의 엄마가 그랬고, 보라와 유겸이도 그럴지 모른다.

어젯밤 유겸이에게 편지를 썼다.

편지가 왔으면 했지만 이렇게 빨리 오리라고는 생각하지 못했어.
우표를 달고 편지를 주고받을 수 있다니 요즘 같은 시대에. 그렇지만 한번쯤은 꼭 그렇게 해보고 싶었어.
물리적 시간의 더께를 편지지와 봉투에 묻히며 상대방에게 가는 건 편지 내용 이상의 무언가를 전달할 수 있을 거 같았어.

네 편지를 보며
나는 한 번도 누군가한테 마음을 주어본 적이 없다는 생각이 들었어.
겁쟁이라는 거지.
상처 받는 것이 두려워, 아무것도 하지 않는 거라는 생각이 들었어.
그건 지금도 마찬가지야.
난 언제든 상처 받지 않을 만큼 다가설 수 있고 돌아설 수 있다고 생각하는데 그것도 변명일 뿐이라는 거. 네 편지에 쓰여 있는 거처럼 누군가에게 베푼 마음과 친절이 비수가 되어 돌아왔다면 한 번쯤은 용기를 냈다는 뜻이기도 하다는 생각이 들었어.
그래서 그것이 상처로 남았다고 해도 분명 다시 일어설 용기가 그 사람에게는 있겠다는 생각이 들었어.

잘 자.
내일 보자.
벚꽃이 피기 열흘 전,

연두.

담임은 점심시간에 나를 불러 유겸이가 급성폐렴으로 입원했다고 말했다. 분명 어제 맞은 비 때문에 문제가 됐을 것이다.

—유겸이 말이야, 좀 어떤 거 같아?

담임은 어려운 말을 꺼내는 듯 쭈뼛거리며 물었다.

—네? 아직 뭘 파악할 시간이…….

—미안, 좀 걱정이 돼서 그래. 건강도 안 좋은 거 같고.

나를 통해 유겸이를 파악하려는 게 거슬렸다. 나에 대해서도 누군가를 통해 어떠냐고 물어보긴 하나?

—특이사항 있음 얘기해줘.

—네? 네……

어떤 거를 말하는지 모른 채 대답을 했다.

—연두야, 너는 괜찮은 거지?

—네? 네.

뭐가 괜찮은 건지 모른 채 답하고 말았다. 왜 나에게는 괜찮은 거냐고 물었을까? 괜찮은 게 무엇일까. 하루하루 늪에서 살아남기를 하는 게 괜찮은 것일까. 아직 살아 있으니까 괜찮은 거겠지? 그럼 괜찮지 않다는 건 무엇일까. 죽음?

겁쟁이에게

저 자신을 겁쟁이라고 말할 수 있는 네가

부럽다.

용기라는 말에 조금은 위로가 되는 것도 같다.

아니, 그래보려고 노력한다.

아날로그 카페에서 네가 했던 말,

제 짝이에요, 하던 게 듣기 좋았다.

그날 마셨던 밀크티도 인상 깊었다.

이상하리만치 기분이 좋았었는데……

유겸.

병원에 대한 얘기는 없다. 퇴원한 것인가?

# 엄마가 돌아왔다

네로가 찻길로 뛰어들었다. 달려오던 자동차가 뒤늦게 멈췄지만 네로는 이미 앞바퀴에 치어 보도블록 턱으로 날아가 한 번 더 부딪혔다. 보라가 보고 말았다. 보라가 카페 앞을 지날 때 네로는 둑방 그늘에서 튀어나와 달려오는 차를 향해 뛰어든 것처럼 차도로 내달렸다. 급정거 소리를 듣고 카페서 뛰쳐나온 이상은, 하얗게 질려 한곳에 붙박여버린 보라의 눈을 가렸다. 보라는 뻿뻿하게 굳은 채 한참 동안 움직이지 못했다.

네로의 밭은 숨이 잦아들 때까지 아저씨가 몸을 쓸어주었다. 네로는 아저씨 손바닥에 머리를 떨어트린 채 숨을 쉬지 않았다. 아저씨가 네로의 사체를 수습하는 동안 보라는 카페에서 그 모습을 지켜보았다. 아저씨가 동물사체는 동물병원으로 가져다 줘야 한다고 했지만 보라는 걷지 못하겠다고 했다. 보라는 오후 내내 멍한 상태였다. 네로의 사고 장면을 자꾸만 생각하는 것 같았다.

보라와 나는 저녁밥을 먹지 않았다.

—분명 사고가 아니었어. 동물도 스스로 죽을 수 있어?

보라는 내 옆에 누워서 물었다.

—나도 몰라.

정말로 생각해본 적이 없다. 네로가 그랬다는 것이, 고양이가 그랬다는 것이 믿을 수 없다. 하교 후 카페에 도착해 보라의 해쓱한 얼굴과 네로의 소식을 듣고 그야말로 멘붕이었다. 아무리 생각해도 믿기지 않았다. 스스로 그럴 수 있다니.

—속도를 내지도 않았어. 그 차가 오기를 기다렸다는 듯이 보도블록에서 차도로 폴짝 뛰어내렸어. 내가 분명히 봤어.

보라는 낮에 있었던 일을 눈앞에 보듯이 말했다.

보라는 저녁 내내 다리가 아프다고 했다. 네로가 그렇게 되고 나서 시작된 증상이다. 일어나 앉아 다리를 두들기며 울상을 지었다. 견딜 수 없이 짜증스러워 보였다.

—다리가 왜? 오늘도 벌 받았어?

—아니. 아까 네로를 데리고 아저씨랑 병원에

같이 갔어야 하는데 다리가 움직여지지 않았어. 그때부터 저리고 아프기 시작했어.

보라의 다리를 주물렀다. 다리를 주무르는 동안 보라는 잠잠했다.

—어때? 괜찮아?

—응, 시원해.

—성장통일 거야. 언니는 지금도 그래. 중학교 때 한참 아팠어.

—성장통이라고?

—키 크느라 뼈가 저리고 아픈 거지.

—언니는 나보다 훨씬 큰데 많이 아팠겠다.

—아팠지.

아무도 모른다. 누구에게도 말하지 않았다. 말할 데가 없었다.

—네로는 이제 어디로 가는 걸까.

보라가 천장을 보며 밤하늘의 별을 헤아리는 목소리로 물었다. 나도 보라 옆에 누웠다. 등으로 찬기가 올라왔다.

—정말 네로가 스스로 죽음을 선택했다면 얌이 때문인지도 몰라.

오후 내내 생각 끝에 내린 결론이었다.

—얌이가 왜? 참, 얌이는 어딨지?

보라가 벌떡 일어나 물었다.

며칠 전부터 얌이가 보이지 않았다. 네로는 거

의 움직이지 않고 한자리에서 얌이를 기다리는 눈치였다. 카페와 온누리 전파사 사이 좁은 담장 아래서 움직이지 않았다. 그게 며칠째 이어졌다. 먹이도 그대로였다.

—얌이도 안 보여. 며칠 됐어.

보라에게 차마 뒤엣말까지 붙이지 못했다. 떠났을지도, 아님 네거리 대로에서 어느 날 밤, 로드킬을 당했을 수도.

보라는 이불 속으로 파고들어 나를 끌어안으며 말했다.

—추워.

나는 반대편으로 돌아누우며 보라의 손을 떨어냈다.

—그만 자. 책 볼 거야.

보라는 자신의 팔이 툭 떨어지자 멈칫했다.

—왜 그래? 언니 이상해.

—뭐가 이상해. 그냥 자.

—왜 자꾸 자라고만 해? 언니가 뭔데?

보라는 소리를 팩 질렀다.

—…….

—바보 멍청이. 언니도 네로도.

보라는 씩씩거리며 반대편으로 이불을 휙 잡아끌었다.

보라를 향해 돌아눕다가 눈물이 나서 다시 반대

편으로 돌았다.

— 오늘은 아무 생각 말고 그냥 자자.

화난 척하려고 했지만 목소리 끝이 떨렸다. 우리도 언젠가는 이별할지도 모른다. 그것은 생각보다 빨리 올 수도 있다. 이렇게 가까이 붙어 있다가 떨어지게 되면 혼자 남겨진 시간이 죽고 싶을 만큼 견딜 수 없을지도 모른다.

엄마가 들어오지 않은 날이 길어질수록 이상하게 나는 더욱 냉정해졌다.

한밤중 고양이 울음소리에 깼다. 네로일까? 네로는 죽었는데. 그럼 얌이일까? 마루 밑과 대문 밖을 살폈지만 보이지 않았다. 네로는 엄마가 집에 있을 때면 절대 대문 안으로 들어오지 않았다. 보라가 네로를 방 안에 들여 엄마에게 엄청나게 두들겨 맞은 이후일 것이다.

밤새 환청 같은 고양이 울음소리에 시달렸다. 카페 이상과 온누리 전파사 사이의 조붓한 건물 사이도 가보고 옥상에도 올라가 보았지만 고양이 울음소리는 그곳에 도착하면 사라졌다. 꼭 있을 것만 같아 쫓아가면 어느새 소리는 사라졌다.

수염이 하얗도록 얼굴을 묻고 우유를 핥던 모습, 조용하고 우아한 걸음걸이, 얌이를 배려하며 걷던 모습. 얌이를 바라보고 또 바라보던 눈길, 잠을 자려고 누우면 천장에 네로의 모습이 슬라이드필름처럼 한 장씩 넘어갔다. 묵직한 것에 가슴이 짓눌린 것처럼 한참 동안 숨 쉬기가 버거웠다. 아주 중요한 것이 빠져나간 것처럼 아랫배에도 힘이 들어가지 않았다. 허리가 휘청 꺾이는 것 같은 허전함이 찾아왔다. 잠자리에 누우면 나도 모르게 눈꼬리로 눈물이 흘렀다. 생명은 무엇으로 만들어지는 것일까? 물일까, 공기일까. 도대체 숨은 무엇일까, 살아 있다는 건 무엇일까, 죽음은 또 무엇일까, 무슨 차이일까. 엄마는, 아버지는 지금 무엇이 되어 있는 것일까. 아무것도 아닌 것으로 돌아간 것일까?

간밤에 보라는 잠꼬대를 심하게 했다.

—바보, 멍청이.

보라의 몸이 후끈거렸다. 입술이 붉게 달아오를 정도로 열이 심했다. 머리에 물수건을 올렸다. 계속 헛소리를 해서 무서웠다. 몸을 흔들어 깨워도 눈을 뜨지 못했다. 겁이 났다. 해열제를 찾아 간신히 입에 넣었다. 보라는 인상을 쓰며 삼켰다. 그러고 보니 어젯밤 저녁밥도 먹지 않았다. 빈속에 해열제를 먹인 게 걱정되었다.

아침에 눈뜨자마자 엄마에게 전화를 했다. 일부러 아무 생각도 하지 않았다. 오직 보라가 아프다는 생각만 했다.

—여보세요.

엄마의 목소리는 탁하게 갈라졌다.

—저예요, 엄마.

—…….

엄마는 나라는 걸 확인하고 잠시 아무 말도 하지 않았다.

—크흐흠, 무슨 일이니?

—보라가 아파요.

—어디가?

—열이 심해요. 해열제는 먹였어요.

—…….

—잘못했어요.

—…….

전화는 끊겼다.

보라에게 흰죽을 끓여 입에 흘려 넣었다. 열은 조금 내린 것 같지만 도저히 일어나지 못하겠다고 했다. 보라를 두고 학교에 갈 수는 없다.

아무래도 네로의 죽음이 충격인 모양이다. 네로는 고양이 나이로 치면 꽤 먹은 거라고 했다. 내가 본 것만도 5년이 다 되어간다. 보라는 그 전부터 네로를 봤으니 보내는 게 힘에 부칠 것이다. 걸핏하면 눈물을 보이는 나보다 눈물 한 방울 보이지 않는 보라가 속은 더 약하다. 아직은 어린 나이다.

열흘 만에 엄마가 돌아왔다. 양손에 장을 봐가지고 왔다.

—어디가 아픈데? 주접은 있는 대로 떨고.

엄마는 연신 구시렁거리며 보라의 이마를 짚어보고 이부자리를 여몄다. 나는 장바구니를 정리했다. 텅 빈 통에 달걀을 조심스레 넣고 생선과 고기와 두부, 파는 냉장실에 가지런히 정리했다. 노랗게 반들거리는 오렌지 다섯 알도 비닐팩으로 단단히 여며 야채실에 넣었다.

엄마가 돌아왔다.

교복을 입고 책가방을 챙겼다. 지금 가면 오후 수업은 받을 수 있다. 사정을 얘기하면 지각 정도로 처리될 수 있다.

—다녀오겠습니다.

엄마는 보라를 여미다가 흘낏 나를 보는 것으로 대답을 대신했다. 나는 아프면 안 된다. 아픈 사람이 나였다면 엄마가 돌아왔을까?

오후 수업을 마치고 돌아왔을 때 보라는 개신한 얼굴로 웃었다. 보라는 오렌지를 먹다가 나에게 접시를 밀어주었다. 엄마가 보고 싶어서 보라가 병이 난 건지도 모르겠다. 보라의 얼굴을 보자 마음이 놓였다.

—난, 괜찮아. 너 먹어.

다시 보라에게 밀어주었다. 엄마는 새 과일 접시를 내려놓으며 물었다.

—쌀은 어디서 난 거니?

다그치듯 단호하게 물었다.

—알바비로요.

—뭐?

엄마는 퉁명스러운 목소리로 되물었다.

—요 앞 건물 1층에 카페가 생겼어요. 거기서 평일 오후와 주말에 알바 해요.

—엄마, 그 아저씨 짱 좋아요. 아니 아주 좋은 아저씨예요.

보라가 내 말을 받아 말했다.

—이렇게 후미진 동네에 무슨 놈의 카페야?

—엄마, 그렇게 말하지 마요. 손님이 꽤 많아요.

나는 얼른 동의서를 내밀었다. 보라가 거드는 바람에 얘기가 빨리 끝났다.

집 안에 훈기가 돌았지만 내 마음은 그렇지 않았다. 엄마와 나 사이에 도저히 건널 수 없는 큰 강이 생긴 것 같았다. 아니 원래 강이 있었는데 강에 있던 낡은 조각배 한 척이 어느 순간 큰물에 휩쓸려 내려가 도저히 그 강을 건널 수 없게 된 것 같았다.

# 또 다른 시선

무릎과 허리가 아파 바깥출입을 하지 않던 당집 할머니가 카페 앞을 기웃댔다. 당집 할머니 대문에는 대나무장대에 빨간 꽃다발이 꽂혀 있었는데 몇 년 전부터 없애고 평범한 집으로 돌아갔다. 할머니의 건강이 좋지 않아 더 이상 손님을 받을 수 없기 때문이다. 할머니와 나이 많은 손자 둘이 사는데, 늘 다투는 소리가 났다. 손자의 목소리는 골목 안을 울릴 정도로 쩌렁쩌렁했다. 싸움은 언제나 할머니가 일방적으로 당하며 끝났다. 손자가 뭐라고 하는 소리는 골목 안을 울렸지만 할머니의 목소리는 담 밖을 넘어온 적이 없다. 할머니 목소리가 한번쯤은 크게 나길 응원했지만 그 바람은 번번이 깨졌다. 어떻게 할머니는 큰소리 한번 내지 않고 손자의 호통을 견디는 것일까.

할머니 손에는 마농의 전단지가 들려 있다.

—어르신, 들어오세요.

아저씨가 카페 문을 열며 들어오길 청했다. 당집 할머니의 허리는 점점 고부라졌다. 지팡이 없이는 한 발짝도 움직일 수 없을 정도로 굽었다.

얼마 전, 아저씨는 마농에게 제안을 했다. 이 동네 어르신들께 마농 쿠키를 조금씩 나눠드리며 물어보면 어떻겠느냐는 것이다. 1981년 마농을 받아 안은 아주머니는 지금쯤 적어도 칠십, 아니 팔십을 넘겼을지도 모른다고 생각을 모았다. 이 동네에는 나이 든 사람이 많고, 별리동 정류장은 멀지 않으니 풍문으로라도 들었을 수도 있지 않겠느냐는 게 아저씨 생각이었다. 마농은 얼마든지 좋다고 했다. 작은 단서라도 얻을 수 있다면, 아니 얘기라도 들을 수 있다면 좋다고 했다.

그때부터 쿠키와 함께 전단지를 돌렸다. 마농은 나와 함께 전단지를 돌린 뒤 골목길을 걸으며 말했다. 이렇게라도 해야 아쉬움을 줄일 수 있을 것 같다고. 처음부터 찾으리라고는 기대하지 않았다고. 그런데 한 번쯤은 해봐야 할 것 같았고 엄마가 있던 하늘 아래 있어봐야겠다는 생각이 들었다고 했다. 그렇지 않으면 내내 후회할 것 같다고. 그러면서 나에게 미안하다고 했다.

그날 마농의 얼굴은 그나마 홀가분해 보였다.

무게를 좀 덜어낸 느낌이라고 할까. 아주 개운해 보이진 않았지만 처음 봤을 때보다는 조금 가벼워진 것 같았다. 나는 그것으로 좋았다. 나는 그냥, 마농 언니의 얼굴을 보는 게 좋다고 아주 쑥스럽게 말했다.

당집 할머니 손에는 그때의 전단지가 구겨져 있다.

—어르신, 무릎은 어떠셔요?

의자 옆에 지팡이를 조심스레 받아놓으며 아저씨가 물었다.

—나아질 리가 있어? 점점 더 안 좋아지지.

숨이 가쁜지 입에서 휘파람 소리가 날 정도로 거칠게 숨을 쉬었다. 할머니는 손으로 마른 입술을 씻으며 실내를 둘러보았다.

—내가 하도 기억이 오래돼놔서 맞는지는 모르겠어.

순간 심장이 툭 떨어지는 느낌이었다. 아저씨는 홍차를 우리다가 주방에서 나왔고 나는 탁자를 닦다가 멈추었다.

—듣긴 들은 거 같어. 요 앞 사거리 아녀?

숨을 멈추고 할머니의 다음 말을 기다렸다.

—어르신, 먼저 물이라도 드시고 숨 좀 돌리세요.

아저씨가 물잔을 내려놓으며 말했다.

—이 그림이 낯설지가 않아 몇 날 며칠 쳐다봤어. 근데 오해는 하지 말어. 내가 직접 만난 건 아니니까.

할머니는 손사래를 치며 아저씨와 나에게 큰 기대는 말라는 듯 말했다.

—나도 생각나는 일이 하나 있어놔서…….

할머니가 물을 마시느라 말을 끊었다. 물 넘기는 소리가 힘겹게 들렸다.

—듣기는 한 거 같어. 요 앞 사거리 버스 정류장서 애기 엄마가 애를 버리고 갔다고. 그때는 작은 일도 소문이 쫘하니 금방 퍼졌어.

할머니는 창밖 신지구 쪽을 바라보며 덧붙였다.

—그때만 해도 다리 건너 저 짝은 미나리꽝으로 허허벌판이었는데. 내가 한 번 볼 수 있을까? 쁘랑스에서 왔다는 애기.

—네, 볼 수 있어요. 어르신 말씀만 들어도 좋아할 것 같은데요.

아저씨가 마농에게 전화를 하자 바로 올 수 있다고 했다.

—그 일도 한 삼십 년은 넘었을 거야. 갓난아기를 생이별시킨 게 아무래도 걸려서 말이야.

할머니는 삼십 년의 세월을 거슬러 어제 일을 전하듯 말했다.

—젊은 애기 엄마가 딸만 내리 낳았다고 날 찾아와서 어찌나 서럽게 울던지. 어떻게 해야 아들을 낳느냐고, 아들 못 낳는다고 시어머니 구박에 하루하루가 생지옥이라고 하소연을 했어. 사주를 보니 얼마 전에 낳은 딸은 어미 품보다 남의 품에서 더 잘 자랄 팔자였어. 어미가 품고 있으면 단명하거나 사고로 사람 구실을 못할 괘가 나왔어. 형편도 편편치 않아 보였고.

숨도 쉬지 않고 할머니 얘기를 들었다. 아니 숨이 막혔다. 운명이란 무엇일까. 무엇에 의해 길이 나고 틀어지고 에돌아가는 것일까.

—딸은 입양 보냈다고 했어. 그 후 아들을 낳았다고는 하는데 애엄마가 영판 편해 보이지는 않았어. 같은 사람은 아닐 게야 아마. 내가 세아려보니 그해에 장마가 져서 두루내가 넘쳤으니까. 이 동네 일대가 물에 잠긴 적이 있어. 윗물서 돼지도 떠내려오고 수박, 참외도 떠내려왔으니까. 사람도 많이 죽었어. 시뻘건 흙탕물이 죄다 집어삼킬 듯이 흘렀던 해였으니까.

할머니는 전단지를 가리키며 손을 떨었다.

마농이 들어왔고 마농의 눈에는 이내 눈물이 갈쌍거렸다.

—으이구, 불쌍헌 것, 불쌍한 새끼.

할머니는 마농의 손을 잡으며 같은 말을 반복했다.

—잘 살었지?

할머니는 마치 삼십여 년 전에 자신의 점괘로 생이별을 시킨 아기 대하듯 했다.

—내가 얘기만 들었어. 요 앞 정류장서 그런 일이 있었다고. 난 그 아줌니가 그렇게 생면부지의 사람한테 애기를 맡겼다고는 생각 안 해.

마농은 무슨 말인지 몰라 아저씨와 나를 번갈아 쳐다보았다.

—이따 얘기해줄게요.

아저씨가 마농에게 손을 들어 보이며 부드럽게 말했다.

—서로 잘 살고 있으면 됐지. 어디 봐, 쁘랑스인지 블란사인지 거기서도 잘 살고 있었지?

마농은 고개를 끄덕거리며 할머니 손을 부여잡고 놓지 않았다.

—됐어, 그럼. 잘 살고 있으면 된 거여. 보고 사는 게 힘들면 안 보고 살어야 하는 게 맞는 거여.

할머니는 지팡이를 찾아 다시 끄응, 소리를 내며 일어섰다.

—어르신, 그때 그분이 어디 사는 분인지 혹 기억하시는지요.

아저씨가 허리 숙여 할머니의 눈높이에 맞춰

말했다.

—얘기를 하나? 안 하지. 어디서 왔다고 했어도 너무 오래된 일이야.

할머니가 나간 자리에 침묵만이 가득 찼다. 아저씨는 허둥대며 주방을 정리했고 마농은 긴 머리칼 속에 얼굴을 감추고 고개를 떨군 채 물잔을 만지작거렸다. 나는 아저씨가 선반 위에 올려놓은 자질구레한 잡동사니 같은 인테리어를 하나하나 들어 올리며 먼지를 닦았다. 아저씨와 나는 마농의 눈치가 보였고, 마농은 그런 아저씨와 나의 눈치를 살피는 듯했다.

—괜차나요.

마농은 애써 웃어 보였지만, 목소리는 벼랑 끝에 간당간당 매달려 있는 듯 절박해 보였다.

아저씨가 할머니에게 들은 얘기를 마농에게 전했다. 마농은 마치 자신의 얘기를 듣는 듯 동공이 커졌다 작아졌다, 슬픈 표정을 짓다가 화난 표정을 짓기도 했다. 이해가 안 간다는 듯이 어깨를 으쓱하거나 고개를 갸웃거리기도 했다.

—두루내 범람은 그러니까, 1980년 7월 집중호우가 있었네요. 3일 동안이나 퍼부었던 모양이에요. 사람이 무려 160명이나 죽었다고 하네요.

아저씨는 모니터를 들여다보며 말했다. 마농이 태어나기 전해의 일이다.

—엄마도 여전히 내가 안 보고 싶을까요? 내가 나타나면 싫어할까요? 그냥 이렇게 살아가면 되는 걸까요?

아저씨는 말없이 금박무늬 꽃이 잔잔한 하얀 도자기 찻잔에 밀크티를 내놓았다. 마농은 한참 동안 말없이 찻잔을 내려다보았다.

카페 안은 난로의 열기로 훙건했다. 시간이 멈춘 듯 공기의 흐름은 없다. 바이올린과 피아노의 선율이 카페 안을 휘젓고 다녔지만 어떤 움직임도 가져오지 못했다.

—흠흠, 이번 주말에는 카페 내부랑, 외벽에 사진 전시를 하려고요. 둑길에도요.

아저씨가 한참 동안의 침묵을 깨고 마농을 보며 말했다.

—연두콩, 너도 도와줄 거지? 지난번에 왔던 친구한테도 도와달라고 했음 좋겠는데.

유겸이는 이번 주 내내 결석이었다.

—좀 특별한 전시회거든. 그래서 손길이 좀 필요해.

내가 의아한 눈길로 아저씨를 바라보았다.

—시각장애인들의 사진 전시회거든.

이해가 가지 않았다. 보지 못하는 사람들과 사진이라니.

—연두야, 맹학교 알지? 두루내 건너에 있는.

가본 적이 있다. 보라랑 함께 산 지 얼마 안 돼 그네를 타러 가자고 보채는 바람에 따라나선 적이 있다. 맹학교라는 학교 현판을 보고 앞서가는 보라의 손을 놓으며 몸을 뒤로 뺐다. 함부로 가도 되는 곳인가, 하는 생각이 들어서였다.

—아무나 가도 돼?

—그으럼.

보라는 자신만만하게 답했다.

그네의 디딤판이 특이했던 기억이 난다. 나는 그네를 타는 것이 내키지 않았다. 구르기 시작하면 쉽게 멈추지 못하는데 이곳 학생들이 뭐라고 하면 대처할 수 없기 때문이다. 구름판에 엉덩이를 걸친 채 발로 땅 그림을 그릴 때였다. 저만치 학교 건물에서 몇 명의 시각장애인들이 지팡이를 짚고 나오는데 숨이 턱 멎는 것 같았다. 그들이 빠른 속도로 운동장을 가로질러 다가왔기 때문이다. 보이지 않는데 어떻게 저렇게 빨리 걸을 수 있는지 믿기지 않았다. 그들에게 그네를 타고 있다는 것을 어떻게 알려야 할지 몰라 당황했다. 나중에 생각해보니 바깥에서 온 우리를 그들이 어떻게 보는지 알 길이 없어서 더욱 두려웠던 것 같다. 허락도 없이 그네를 탄다고 뭐라고 할 것 같았다. 허둥대며 나가자고 재촉하자, 보라가 아주 느긋하게 말했다.

—괜찮아. 오면 같이 놀면 돼. 그네도 서로 밀어주고.

그들은 그네로 오지 않고 시소를 탔다. 그들의 웃음소리가 낭랑했다.

—이번 주말에는 전시도 하지만 이 친구들이 다리 위에서 촬영도 할 거야. 그때 손길이 좀 필요해. 연두나 보라, 유겸이 같은 친구가 도와주는 게 이번 행사의 취지래. 마농도 같이 해주면 더없이 영광이고요.

—어떻게 도와줘야 하는데요?

선뜻 이해가 가지 않아 내가 물었다.

—우선 이번 토요일에 전시 작품을 가지고 여기 모일 거야. 그때 작품을 보면 금방 이해할 수 있을 거야. 그 친구들은 그날 만나 인사하면 돼.

유겸이는 일주일 만에 학교에 왔다.

—괜찮아?

—응.

유겸이는 노트에 드로잉을 하며 차갑게 대답했다. 그림을 좋아하는 것이 지울 수 있기 때문이라고 했다.

유겸이의 낯빛은 파리했다. 가끔 창밖을 내다볼 때만 고개를 들었다.

유겸이를 살피며 조심스럽게 말을 건넸다.

—이번 주말에 뭐해?

—그냥 집.

말을 할까 말까 망설였다. 급성폐렴의 원인이었던 비와 다리와 카페 이상을 떠올리게 하는 것만으로도 좀 걸렸다. 유겸이가 그날의 일을 어떻게 생각하는지도 모르겠고.

—지난번 카페 기억나지?

—아날로그?

그제야 유겸이는 고개를 들어 희미하게 웃었다. 힘이 났다.

—거기서 이번 주말에 전시회를 한대. 시각장애인들이 찍은 사진이래.

유겸이는 이해가 안 간다는 듯이 나를 보았다.

—전시도 하고 방물다리에서 사진도 찍는다고 하는데 도움이 좀 필요하다는데?

—궁금하네.

—그치? 나도 그래. 아저씨가 너도 왔으면 하는데.

—나를 기억해?

—그럼, 우리가 그날 좀 인상 깊었겠니? 비에 홀딱 젖어서.

유겸이가 흐릿하게 또 웃었다.

우리 반에서 나와 유겸이는 한 개의 섬이다. 아

이들도 거의 유겸이와 나의 존재를 의식하지 않았고 나 또한 반 아이들을 의식하지 않았다. 아니 굳이 의식하고 싶지 않다는 게 더 근접할 것이다.

맹학교 사진 동아리 선생님이 우연히 방물다리에 촬영을 왔다가 카페에 들러 인연이 되었다고 했다. 카페 이상과 다리에서 사진 전시를 하고 싶다고 했고 아저씨가 마다할 리가 없다. 차량 통행이 많지 않아 안전하고 다리에서도 자유롭게 전시도 하고 촬영도 할 수 있다며 아주 흡족하게 전시 계획을 잡았다고 했다.

전시는 격식 없이 편안한 것이 콘셉트라고 했다. 창가에 작품을 기대어 놓거나 야외 테이블 옆이나 벚나무 아래에 이젤을 세워놓으면 되었다. 못질할 필요도 없다. 카페 내부 선반에 있던 인테리어 소품이나 책을 치우고 작품으로 채웠다.

시각장애인이 아니면 도저히 나올 수 없는 구도의 작품도 있었지만 다들 솜씨가 좋았다. 굳이 시각장애인이라는 것을 의식하지 않아도 사진은 충분히 분위기가 있었다. 뛰어난 솜씨라기보다는 세상을 보는 눈, 아니 보고 싶은 간절함을 담은 눈의 움직임이 보인다고 해야 하나?

선반 위의 책을 정리하고 액자를 세워놓는 것을 도왔다.

시간이 되자 짝을 지은 시각장애인들이 모였

다. 그들의 목에는 카메라가 걸려 있다. 시각장애인 곁에는 안내자(멘토)가 있다. 멘토는 작품 설명도 해주고 그들의 작품이 어느 위치에 전시되어 있는지 알려주었다. 카페의 외관과 내부, 주변 풍경을 조곤조곤 설명해주기도 했다. 안내자는 그들의 곁에서 눈이 되어주었다.

유겸이도 왔다. 처음엔 어찌할 바를 모르다가 이내 의자를 나르고 이젤을 함께 설치하기도 했다.

안내자들은 시각장애인을 데리고 방물다리로 향했다. 나와 유겸이, 보라를 부르더니 피사체를 보이는 대로 설명해주면 된다고 했다. 그들이 찍고 싶은 것을 향해 셔터를 누를 거라고 말했다.

조금 떨렸다. 내 짝은 나보다 한 살 어린 남학생 이규였다. 떨리는 손으로 이규의 손을 잡았다.

—아니, 그렇게 하면 안 되고요. 나를 안내하는 거니까 내가 누나를 잡아야 해요. 이렇게요.

밝고 경쾌한 이규의 목소리에 놀랐다. 자신에게 필요한 것을 당당히 요구하는 것에 당황하기도 했지만 이규의 목소리를 듣자마자 그간 갖고 있던 두려움이 일시에 사라지는 것도 신기했다. 나는 이규가 시키는 대로 오른팔을 내주었다. 이규는 가볍게 팔짱을 끼듯 내 팔꿈치 안쪽을 잡았다.

보라는 맹학교에서 놀았던 기억 때문인지 격없이 대했다. 키 큰 남학생과 짝이 되었는데 만나

자마자 수다가 심했다. 보라는 카페를 다니며 설명도 해주고 다른 친구들과도 스스럼없이 얘기를 주고받았다. 시각장애인 친구들은 내 예상과 달리 무척 밝았다. 그 옛날 맹학교 운동장에서 가졌던 마음이 부끄러울 정도였다. 잘 모를 때, 두려움이 더 배가된다는 걸 알았다. 유겸이는 카페 안에서 나오지 않았다. 아마 다음에 한다고 한 것 같았다. 카페에서 전시 도우미가 되겠다고 하는 것을 들었다. 이규보다도 카페 유리창 너머에서 바깥을 바라보는 유겸이가 더 신경 쓰였다. 무슨 생각을 하고 있을까. 유겸이도 내가 겪었던 두려움과 비슷한 것일 수 있다.

내가 한 발짝 정도 앞서 이규에게 계단과 턱을 일러주며 걸었다. 이규는 편안하고 익숙하게 따라왔다.

—지금 다리 쪽으로 가는 중이에요. 다리 양쪽에는 철제로 된 벤치가 여러 개 있고요, 난간 앞에는 턱이 있어요.

이규가 발걸음을 멈추며 말했다.

—누나, 제가 동생이니까요. 그냥 반말해도 돼요.

이규는 내 머리 위를 바라보며 말했다.

—아, 그 그럴까?

—저보다 키가 크죠?

— 약간.

— 와, 누나. 나도 작은 편이 아닌데.

이규가 연이어 말했다.

— 바닥이 푹신한데요?

— 다리 위에는 녹색의 우레탄이 깔려 있고, 난간 앞 보도에는 빨간색으로 깔려 있어.

이규는 가붓하게 발을 굴러보았다. 온몸으로 우레탄의 푹신함을 느끼는 것이 보였다. 손바닥으로 햇살을 받기도, 고개를 빼고 턱을 들어 물기 어린 봄바람을 맞기도 했다.

— 난간 앞, 턱으로 올라서 볼까?

난간 위로 얼굴을 내밀자 바람이 거세졌다.

— 우리가 마주 보는 곳에서 물이 흘러 내려오는 거야. 하천 옆에는 하상도로가 있어서 자동차가 다니고, 하천 중간에는 모래톱 같은 섬이 있어서 누렇게 바랜 갈대도 있고 달뿌리풀 숲이 우거진 곳도 있어. 풀숲은 아직 말라 있어서 갈색이야. 햇볕을 받으면 허옇게 보이기도 해. 바람 따라 일렁이기도 하고. 그 숲에는 종달새가 살아. 한 마리가 나오기 시작하면 연이어 포르릉, 포르릉 떼 지어 날아올라 가까운 나뭇가지나 그 옆 풀숲으로 옮겨 앉아. 종달새는 마른 풀색이랑 거의 똑같애. 종달새가 움직여야 비로소, 아 새가 있구나, 한다니까. 두루내 양쪽 풍경은 무척 대조적이야. 왼편

신지구에는 고층 아파트와 빌딩이 있고 오른쪽 구지구는 허름한 단층짜리 주택이 둑길 아래로 펼쳐져 있고. 하늘은 구름 한 점 없이 바다빛깔 같아. 가지가 축축 늘어진 수양버드나무는 나뭇가지에 파래를 걸친 것처럼 보이고 왕버드나무는 하늘을 향해 팔을 벌린 채 햇살을 모으는 것처럼 보여. 겨울에는 이곳에 청둥오리, 흰뺨검둥오리 같은 철새가 날아오기도 하고 백로나 왜가리 같은 텃새는 일 년 내내 쉽게 볼 수 있어.

이규는 최대한 귀를 세웠다. 본 것을 말로 그림 그리듯 설명한 것도 처음이지만 소름 돋도록 감동적인 것은 내 말을 소중히 담아 듣는 사람이 있다는 거였다.

이규는 몇 시 방향인지 물으며 설명한 것을 카메라에 담았다.

벤치에 앉아, 그동안 찍은 사진을 설명해주기도, 다시 찍기도 했다.

—내가 말한 게 상상이 돼?

이규를 바라보며 물었다.

—파래가 걸려 있는 것 같다는 버드나무 어떻게 찍혔어요?

—어떻게 찍히길 바라는데?

—파란 바다 속에 있는 거처럼 찍고 싶어요.

—그래? 그럼 다시 찍어보자.

이규를 데리고 다시 난간 위로 갔다. 난간 앞 바닥에 철퍼덕 앉아 카메라를 땅에 붙이고 최대한 아래에서 위로 잡아보자고 했다. 그래야 주변의 건물이나 자동차가 보이지 않고 하늘이 보이겠다 싶었다. 쉽지 않았다.

이규를 데리고 하천으로 내려갔다. 나무 아래나 수평으로 마주 서야만 하늘을 배경으로 찍을 것 같았다. 이규는 신이 난 듯, 밝게 웃었다. 하천으로 가기 위해 계단을 내려갈 때는 좀 힘들었다. 이규가 넘어질까 봐 걱정되었고 누군가가 나에게 전적으로 기대고 있다는 생각에 진땀이 났다. 한 발 한 발 조심스럽게 걸었다. 내 말을 지도 삼아 걷는 모습에 숙연한 느낌마저 들었다.

셔터 속도를 느리게 하여 바람이 불 때 찍는다고 했다. 하늘을 배경으로 찍으면 푸른 바다 속에 일렁이는 파래처럼 찍을 수 있겠다고 했다. 셔터 속도를 조절하고 셔터를 누를 때마다 숨을 멎고 쉬기를 반복하며 여러 장 찍었다.

—전화번호 알려주세요.

이규가 말했다.

—없는데?

—뭐가요?

—전화기.

—아, 그래요? 사진 작업하면 보내려고요.

—어쩌지?

—아까 카페 안에 우체통이 있다고 들은 거 같은데?

—응, 있어.

—뭐 방법이 있겠죠.

이규가 쿨하게 답했다. 나보다 훨씬 여유가 있었다. 그건 어떻게 길러지는 것일까. 가끔 보라한테서 느끼는 거랑 비슷했다.

보라는 키 큰 남학생과 악수를 하며 인사를 나눈 뒤 카페에서 아저씨 심부름을 했다. 카페의 정식 알바생이라도 된 양 신이 났다. 지난번 네로의 일이 있고 나서 아저씨와 보라는 급 가까워졌다. 아저씨가 네로의 숨이 잦아들 때까지 등과 머리를 쓰다듬으며 보내주는 모습이 인상 깊었던 모양이다. 그 이야기를 몇 번이나 했다. 자신은 무서워서 다가서지도 못했으며, 죽은 네로를 안고 병원에 가는 것도 무서워서 발걸음도 떼지 못한 겁쟁이라고 자책했다.

마농은 우리말이 서툴다고 카페에서 서빙을 하고 손님을 맞았다. 알바생이 해야 하는 일을 대신했다.

너무 긴장했던 탓인지 나는 진이 좀 빠졌다. 한편으로는 아주 어려운 일을 해냈다는 생각에 홀가분하기도 했다.

다리 위에 유겸이가 서 있다. 한낮의 바람은 무척 부드러웠다. 미지근한 물속에 몸을 담근 거처럼 따듯했다. 유겸이는 난간 위에 두 팔을 올리고 고개를 길게 빼고 눈을 감은 채 서 있다. 볼에 난 솜털 하나하나마다 바람을 느끼듯 눈을 지그시 감은 채였다.

내가 벤치에 몸을 걸치자, 유겸이도 앉았다. 좀 피곤해 보였다.

— 내가 좀 창피했어.

유겸이가 몸에서 바람을 빼듯 툭 뱉었다.

— 응? 뭐가?

— 그냥, 다.

— 낯설어서 그런 거 아닐까.

— 그런 마음으로는 안 하는 게 좋을 거 같아서.

— 나도 얼결에 했는걸.

— 이규와 널 계속 봤어.

— 그랬어? 이규가 무척 밝아서 좀 놀랐어.

둘 다 말없이 식어가는 석양빛을 받았다. 다리 난간 사이사이로 햇살이 갈라져 그림자를 길게 만들었다.

— 이 다리는 지난번과는 너무 다르다.

유겸이가 등을 벤치에 묻으며 눈을 감은 채 말했다. 유겸이의 속눈썹이 파르르 떨렸다.

—우리 비밀이 너무 많은 것 같지 않니?

반짝이는 수면이 눈부셔 미간을 찡그리며 내가 말했다.

—알고 싶어?

—아니, 내 비밀을 털어놓고 싶어서.

내가 담담하게 말했다.

—…….

유겸이는 잠깐 나를 보다 다시 고개를 돌려 두루내를 바라보았다.

다음 주말에는 벚꽃이 하얗게 터질 거라고 했다.

# 연두콩 우체통

누나 안녕?

나, 이규.

이번에 선생님께 칭찬 많이 받았어요.

너무 좋대요. 이번 사진요.

누나 덕분이에요.

좀 특별했어요. 누나가 보는 세상요.

다른 멘토 샘들과 좀 달랐어요.

누나의 말을 들으며 상상한 이미지는 그 잔상이 오래 남아요.

흰 백로나 잿빛 왜가리가 거니는 두루내 풍경을 담고 싶어요.

마치 그때 본 것처럼 머릿속에 그려졌어요.

방물다리에 또 가고 싶어요.

이규의 밝은 목소리가 들리는 듯했다. 어떻게 이렇게 밝을 수가 있는 거지? 편지를 들고 창밖 방물다리를 바라보았다. 촬영 내내 들떠 있던 이규의 목소리와 환하게 웃던 모습, 도움을 요구하면서도 당당했던 그렇지만 보이지 않는 어떤 것들에 대한 호기심과 두려움을 동시에 갖고 있어서 멈칫거리던 발걸음이 떠올랐다.

'두려워하지 마. 아무것도 아니야. 그냥 이건 나무 둥치이고, 발밑의 이건 걷다 보면 밟히는 돌부리이고, 그리고 이건 나를 위협한다기보다 나를 부드럽게 쓰다듬는 천변의 물풀일 뿐이야.'

그날, 이규의 멈칫거리는 발걸음이 느껴질 때마다 내가 하고 싶은 말이었다. 그렇지만 하지 않았다. 이규의 두려움은 내가 정확히 모르는 것이니까. 나의 두려움을 사람들이 속속들이 모르듯이. 아니 알려고도 하지 않듯이.

—연두콩, 뭘 그렇게 오랫동안 생각해? 하여간 편지만 오면 딱 스톱이지.

우체통 앞에서 방물다리를 바라보고 있는 나를 보고 아저씨가 말했다.

—그 우체통에 연두콩이라고 문패 붙여라. 완전 전용이다, 으하하하.

아저씨는 콩 고를 준비를 하느라 연신 생두 자루를 옮기고 덜어냈다. 앞으로 더워질 것을 대비

해 얼음도 쟁여놓았다. 이제 서서히 아이스커피의 계절이 오고 있다. 치즈덩어리 같은 얼음 우유를 만들어 큰 통에 갈무리하는 것도 이번 주말에 쓸 팥빙수를 준비하는 것이다.

아저씨는 가끔 어깨를 두들기거나 고개를 돌리며 뭉친 근육을 풀었다. 핸드밀을 열정적으로 돌리는 아저씨를 보면 내 오른쪽 팔과 어깨가 저렸다. 주문이 밀려 있으면 나도 핸드밀을 돌리는데, 두어 번 반복해도 어깨와 팔뚝이 뻐근했다. 아저씨는 수없이 핸드밀을 돌리는데 직업병이 생기지 않을까 싶었다. 요즘엔 전기 분쇄기가 잘 나와 있어 손가락으로 터치만 하면 되는데, 아저씨가 사서 고생한다는 생각이 들었다.

내가 모르는 커피 종류가 수도 없다는 거에 놀라고, 원두별로 핸드밀을 쓰는 아저씨는 더 놀라웠다. 다른 것이 섞이면 고유의 맛을 잃기 때문에 핸드밀의 숫자는 점점 늘었다. 매일매일 붓으로 핸드밀을 청소하고 비워놓는 것은 내 몫이다. 커피 찌꺼기가 남아 있으면 맛이 변하거나 상하기 때문에 붓으로 방아 날에 묻은 것까지 꼼꼼히 털어내야 한다. 나는 그 일을 할 때가 기분이 좋다. 붓으로 털어낼 때 시원함과 섬세함, 부드러움이 느껴져 기분이 쾌적해진다.

—전기 그라인더도 있던데요.

내 말을 듣고 아저씨가 은테 안경을 코로 찡긋 올리면서 웃었다.

—왜 꾀 나냐? 돌리는 것도 청소하는 것도?

—아니요. 그게 아니라 직업병 생기겠다 싶어서요.

커피 내리다가 직업병 생겼다는 얘기는 아직 들어보지 못했다. 이상처럼 철저하게 가내 수공업인 곳을 모르기 때문이기도 하지만 대부분 아메리카노 머신을 들여놓는 것이 필수이기 때문이다.

—지금 내 걱정해주는 거냐? 으흐흐흐.

—아뇨. 너무 좋아하진 마시고요. 보기 힘들기도 해요.

—뭔가 달라도 다르겠지? 기계 날로 갈아버리는 것과 맷돌로 으깬 건 맛과 향이 달라. 핸드드립은 그야말로 손맛이기 때문에 손님이 원하는 거에 따라 분쇄 정도나 드립의 속도로 맛을 조절할 수도 있고, 에이 다 빼고, 그냥 추출하는 과정마다 내 나름의 마음을 담는 거라고 보면 쉽겠다.

마음을 담는다, 내게는 결코 쉬운 말이 아니다. 마음이 무엇이길래 사람들은 그토록 매달리는 것일까.

이상, 이라는 카페 이름의 의미가 더욱 궁금했다.

—이규가 뭐래?

하여간 이 카페에서는 사생활 보장이 없다. 누가 왔다 가고 누가 누구에게 편지를 보내고 누가 누구에게서 편지를 받았는지 다 드러난다. 부치는 편지는 아저씨 손에서 집배원 아저씨를 통해 다시 우체국으로 간다. 별리동 우체국에 모인 우편물은 우편 집중국으로 모여 소인이 찍히고 다시 지역별로 배분되어 집배원을 통해 각 수신자에게 전달된다. 이 카페를 통해 들고 나는 우편물은 모두 아저씨의 손을 통해서 갈무리되니 참견하고 싶은 건 당연한 건지도 모르겠다.

편지를 펼칠 때마다 도서관의 오래된 책을 보는 듯한 느낌이 든다. 고스란히 묵은 종이 냄새가 나는 책, '활자보다 냄새가 먼저인 책'이 있는 것처럼 편지마다 냄새가 달랐다. 유겸이의 편지에서는 약간 서늘하면서 은은한 향기가, 이규의 편지에서는 박하 향이 나며 동쪽 창으로 드는 햇살 같은 느낌이 났다.

—연두콩! 또 멍 때리고 있다.

나는 기억과 생각 속에 빠져 있다가 다시 현실로 돌아올 때의 순간이 좋다. 아늑한 나만의 공간 속으로 들어갔다가 나온 느낌이라고 할까. 아주 짧은 순간이지만 미로 같은 기억의 회로를 빠르게 거슬러 올라오는 의식의 전환이 무엇보다 속도가 있어서 좋았다. 현실에서는 누리지 못하는 것을 혼자만 누리는 시간이라고 해야 하나?

—방물다리에 다시 오고 싶대요.

편지를 접어 봉투 속에 넣으려는데 끝에 뭔가 걸렸다. 편지지를 꺼낸 뒤 봉투 속을 보았다. 사진 한 장이 들어 있다. 도톰한 편지 봉투 속에 꼭 끼어 있어서 미처 달려 나오지 않은 것이다. 다리 난간 앞에서 두루내를 바라보며 웃는 내 옆모습이다. 얼굴이 달아오르고 심장이 쿵닥거렸다. 언제 찍은 거지? 이규의 카메라는 내가 가리키는 곳이 아니라 나를 향해 있었던 모양이다. 내 옆모습이 가감 없이 드러났다. 볼록하게 튀어나온 광대뼈와 벙그러진 콧볼, 납대대한 콧날까지. 누가 찍어주지 않으면 절대 볼 수 없는 옆모습이다. 음울하고 우울할 거라고 생각했는데 그렇지 않았다. 이규의 밝음이 전염된 것일까. 생각보다 내 모습이 밝아서 낯설었다.

—오, 그래? 그날 멘토 역할을 제법 한 모양인데, 연두콩?

—그런 건가요? 이규보다는 제가 도움을 받은 것 같은 느낌은 뭐죠?

아저씨는 손길을 멈추고 나를 지긋하게 바라보았다.

한참 동안 나의 옆모습을 다른 사람인 양 바라

보았다. 이규는 어떻게 앵글에 담았을까? 놀라웠다. 보이지 않으면 다른 감각은 벼려진 칼날 같을 것이다. 내 말소리로 방향을 잡고 피사체가 눈치채지 못하게 셔터를 누르는 센스까지. 나는 눈 하나만으로 모든 것을 가늠한다는 생각이 들었다. 유겸이가 보이는 것이 다가 아니잖아? 했던 서늘한 말이 떠오른다. 보이는 것 너머를 볼 수 있는 것, 그게 마음이라는 걸까?

—그거 이규 솜씨 아닐 수도 있다. 너무 심각하게 생각하지 마라. 그날 멘토 중의 한 명이 너를 연신 카메라에 담는 걸 봤다.

아저씨가 어느새 다가와 사진을 넘겨다보며 말했다. 양손에는 생두가 파랗게 깔린 사각 쟁반이 들려 있다.

—왜요?

—그거야 모르지.

아저씨는 시크하게 대답했다.

—우리 연두콩의 특별함을 본 게 아닐까?

언제부터 우리래? 아저씨의 우리라는 말이 좀 생경했다.

—특별함이요? 그런 게 저한테 있을까요?

아저씨는 싱글싱글 웃으며 말없이 생두 자루를 옮긴 후 여러 개의 사각 쟁반에 생두를 펴 담았다. 아저씨는 알바생의 일거리를 만드느라 분주했다. 날이 갈수록 사각 쟁반의 개수는 늘어갔고 골라야 할 생두의 양도 늘었다. 그만큼 손님이 많아졌다.

사진 속에 카페에 유폐된 듯 밖으로 나오지 않는 유겸이의 얼굴이 흐릿하게 배경으로 잡혀 있다. 유겸이는 창밖을 면밀히 관찰하는 것처럼 보였지만 생각은 딴 데 가 있는 것 같았다.

—나름 감동이 있었어.

그날 일일멘토를 마치며 내가 유겸이에게 한 말이다.

—나를 통해 누군가 세상을 본다는 건, 상대에게 초점이 있는 것 같지만 실제 해보니 나한테 초점이 찍히는 것 같았어.

—그래?

유겸이는 의외라는 듯 되물었다.

—이규에게 내가 본 것을 아주 객관적으로 얘기해주는 게 아니라는 걸 알았어. 그래야 함에도 불구하고 내가 보고 싶은 것만 골라보며 설명해준 것 같았어. 아니 같았어가 아니라 확실히 그랬어.

유겸이가 눈빛을 반짝이며 나를 바라보았다.

—정확히 객관적인 게 있을까? 어떤 것이 객관적이라고 생각하는 것조차 주관적인 게 아닐까?

이번엔 내가 유겸이를 바라보았다. 확실히 유겸

이와는 말이 통했다.

—맞아, 그런 거 같아. 다음번엔 참여해봐.

—응, 다음에.

유겸이의 짧은 말투 속에서 또 다른 서늘함이 묻어났다.

아저씨가 기어이 우체통에 문패를 붙여놓았다. 천진난만한 글씨체 위에 유리 테이프로 코팅까지 해놓았다. 멋이라고는 1도 부리지 않은 예의 그 글씨체이다.

연두콩 우체통

글씨체는 마음에 들지 않지만 상대방을 무장 해제시키는 어눌함이 묻어 있는 건 분명했다. 우체통을 바라보는 나를 보며 아저씨가 킥킥거렸다.

—내가 연두콩이라고 붙인 이유가 있어, 하하하.

아저씨는 턱으로 우체통을 가리키며 말했다.

—들여다봐라. 네 전용인지 아닌지.

편지 한 통이 와 있다. 유겸이다. 지난번과 같은 연두색 편지봉투이다.

내가 여기 있는 거구나. 아무도 모르는 줄 알았는데, 내가 여기 있는 것을 확인시켜주는 것이 우체통이라는 생각이 들었다.

얼굴에 가래 섞인 누런 침을 맞아본 적 있니?
후미진 학교 담벼락 밑에서 여러 명에게 맞아본 적 있니?
쓰레기통을 뒤집어써본 적 있니?
잘 알고 지내던 아이들에게 그 앞에 서 있는 것만으로도 미안하다고 빌어본 적 있니?
내가 그렇게 말해서 미안해, 내가 말한 그 무엇이 불쾌했었니? 라고 말해본 적 있니?
미안해, 미안해, 라고 뭐가 미안한지도 모른 채 끊임없이 사과해본 적 있니?
내 존재가 너무나 거추장스러워서 없애버리려고 한 적 있니?
내가 나를 스스로 사라지게 하려고 뭔가를 해본 적 있니?
살아 있는 게 매분 매초 견딜 수 없을 정도로 숨 막혀본 적 있니?
견딜 수 없는 걸 경험해본 적 있니?
죽는 건 순간이지만 살아 있는 건 계속 뭔가를 해야 한다는 거잖아.

자동인형처럼, 생각이든 뭐든 숨을 쉬든 뭐든 뭐든 뭐든 뭐든……. 
그게 날 미치게 해~.
그런 걸 멈추고 싶었던 적은 없었니?

한 줄 한 줄 읽어 내려갈수록 숨이 가빴다. 다음 문장에 무슨 말이 올지 먼저 읽은 문장의 무거움과 충격으로 헉헉거리다 두려움에 차서 넘어가면 더 벅찬 말이 기다렸다. 마지막 문장에서는 숨이 멎는 것 같았다.

유겸이의 서늘함이 어디에서 기인했는지 짚어졌다. 손목에 있던 붉은 자살흔. 지난번 방물다리에서 비를 맞고 있던 날, 그즈음에도 무슨 일이 있었던 거였다. 급성폐렴은 급하게 둘러댄 핑계일 수 있다. 담임이 조심스럽게 묻던 말까지, 이제야 감이 왔다.

그렇다면 지금 유겸이는 어떤 상태일까?

아빠가 던진 선풍기에 맞아 엄마의 이마에서 피가 멈추지 않을 때 의사 선생님이 그랬다.

—피가 나서 다행입니다. 큰일 날 뻔했습니다.

그때는 왜 피가 나서 다행이라는지 몰랐다. 머리 안에 피가 고여 있으면 어혈이 되어 혈관을 막을 수도 있다는 것을 나중에야 알았다.

지금 유겸이도 그런 상태가 아닐까? 피를 내고

있는. 말하지 않고 고여 있게 하면 언젠가는 그것이 자신을 위해하고 마는, 그런 나쁜 핏덩이 같은 것을 밖으로 내보내는 것이 아닐까? 살고 싶어서 혹은 살기 위해서.

며칠째 집에 돌아오지 않는 엄마를 기다려 본 적 있니?
엄마가 이복동생인 보라를 언젠가는 데려갈지도 몰라.
아버지가 남겨준 이 집을 지금의 엄마가 처분할지도 모르고.
그러면 거리에 버려질 수도 있어.

나는 모든 나쁜 가능성을 날마다 생각해.

그리고 날마다 아주 작은 징조에 희망을 걸기도 해.
햇살에도 나무에도 바람에도 비에도 구름에도 커피 향에도 밀크티에도
우체통에도 방물다리에도 두루내에도
아저씨에게도 그리고 너에게도…….
생각보다 일찌감치 독립할지도 모르겠다.
난 살고 싶다.

그게 매 순간 간절했다.

엄마가 죽었을 때도,

아버지가 죽었을 때도.

미안하게도 난 살고 싶었다.

연두.

유겸이의 편지를 앞에 놓고 한달음에 답장을 쓰기 시작했다. 이제 더 이상 비밀은 없다. 아무에게도 말하지 못했던 것을 털어놓으니 이제 단 한 명의 내 편이 생긴 것 같았다. 이 세상에 내 편이 한 명만 있어도 된다. 유겸이도 그런 기분이 들길 바랐다.

## 두려움은 생각보다 많은 것을 집어 삼킨다

엄마는 지난번 이후 종종 집에 들어오지 않았다. 불안과 평화가 공존한다면 말이 되지 않는 소리지만 이상하게도 그랬다. 엄마와 함께 있으면 어떤 꾸지람과 호통이 올지 몰라 긴장 상태였고 웅송그리듯 나를 축소시켜야 했다. 엄마 앞에서는 없는 듯 있어야 한다. 괜히 얼씬거리다 어떤 것이 꼬투리가 되어 매로 돌변할지 모르기 때문이다. 그런 날은 불안의 시간이다. 엄마가 집에 들어오지 않은 날이 길어질수록 한편으로는 불안했지만 편안하기도 했다.

드디어 벚꽃이 만개했다. 꽃그늘에는 사람들로 넘쳐났다. 솜사탕 기계마다 꽃다발 같은 솜사탕이 축포처럼 부풀어 올랐다. 사람들은 반팔 차림이었다. 저마다의 얼굴에는 팝콘 같은 웃음이 터졌다. 햇볕은 따가울 정도로 뜨거웠고 바람은 미지근했다.

카페 안에도 야외 테이블에도 사람들이 넘쳐났다. 아이스커피가 많이 나갔다. 아이스커피는 아저씨가 미리 뽑아놓은 더치커피를 썼다. 아이스커피는 테이크아웃도 주문 받기로 했다. 꽃놀이 기간에만 한시적으로 하기로 했다.

사람들은 벚꽃보다 더 환하게 웃으며 사진을 찍었다. 머리와 귀에 꽃을 꽂고 천변을 거닐기도, 눈송이처럼 날리는 벚꽃을 맞으며 벤치에 앉아 있기도 했다. 그들은 행복해 보였다.

유겸이가 카페를 찾아온 것은 토요일 오후였다. 아이스커피를 정신없이 내고 1회용 커피잔이 수거되는 대로 정리하느라 눈코 뜰 새가 없었다.

유겸이는 카페 한켠에 앉아 벚꽃 아래 풍경을 스케치했다. 흑백사진 같은 잔잔한 그림이었다. 카페 이상의 풍경도 세밀화로 그린 다음 색연필로 색을 입혀주었는데 소박하면서도 따듯했다. 유겸이에게 달라진 것이 있다면 그림에 색을 입히는 거였고, 스스로 카페를 찾아와 아무렇지도 않게 그림을 그리는 거였다. 학교에서 만나면 암묵적인 약속인 양 편지 이야기는 꺼내지 않았다. 엊그제 보낸 편지를 벌써 받은 것일까.

아저씨가 유겸이의 등 너머로 그림을 들여다보며 말했다.

—오, 느낌 좋다. 우리 가게잖아? 초상권 요구하기 전에 그림을 주는 게 어때?

아저씨는 바쁜 와중에도 블루베리 요거트를 만들어서 유겸이에게 건넸다.

—그림 값은 요거트나 팥빙수 1회 리필?

유겸이가 쑥스러운 듯 고개를 끄덕거리며 웃었다.

—그렇게 헐값에요?

내가 나서서 말했다.

거품이 버글거리는 찻잔을 닦으며 두 사람을 돌아보았다.

—어쭈~.

아저씨는 어깨로 나를 밀치는 거로 대꾸하면서도 현란한 솜씨로 아이스커피를 만들었다.

손님들은 대부분 실내에 있지 않았다. 커피잔을 들고 벚나무 아래로 가거나 카페 앞을 거닐었다. 유겸이는 혼자만의 공간에 한가하게 앉아 있는 것처럼 창밖을 내다보며 요거트를 먹었다. 편안해 보였다. 아주 오랜만에. 눈앞에서 사라질 것 같은 불안감이 조금은 옅어진 것 같았다.

벚꽃은 밤에 더 화사했다. 가로등 불빛을 받으면 형광물질을 입힌 것처럼 하얗게 빛났다.

유겸이가 대신 콩을 골라주어 내 알바 시간을 당길 수 있었다. 유겸이는 특유의 집중력으로 여러 개의 사각 쟁반을 해결했다. 유겸이의 그림은 카페 게시판에 압정으로 꽂아 놓았다. 유겸이는 부끄러운 듯 고개를 돌려 카페 밖으로 나가버렸다.

—이 그림의 권한은 카페에 있다.

유겸이의 등 뒤에 대고 아저씨가 못을 박았다.

유겸이와 나는 방물다리로 향했다. 벚꽃놀이의 여흥이 남아 있는 듯, 축제 분위기의 흥건함이 감돌았다. 다리 위에는 젊은 연인들과 학생들이 서로의 얼굴에 카메라 손전등을 비춰주며 사진을 찍었다. 셀카를 찍는 그들의 웃음소리가 맑고 또랑또랑했다.

그런 분위기 속에서 유겸이와 난 언제나 손이 심심했다. 멀뚱히 앉아 눈에 들어오는 사물마다 생각을 얹어보거나 사람들을 관찰하거나 옆에 있는 사람을 살폈다. 다리 위로 밤바람이 불었다. 봄밤이다.

유겸이의 지난 일 애기가 나온 건 남녀 중학생 둘이 토닥거리는 소리 때문이었다. 가로등 아래서 까르륵 넘어가는 소리가 멈추고 남학생이 소리를 팩 질렀다. 여학생이 기습 뽀뽀를 한 모양이다.

—야, 뭐하는 거냐? 이러지 마라.

남학생이 볼을 닦으며 말했다.

—…….

여학생이 새침하게 토라져 팔짱을 끼고 다리 난간에 몸을 기대며 냇물을 바라보았다. 남학생이 뒤에서 안아주자 그 둘은 긴 입맞춤을 했다. 주변의 소란스러움이 멈춘 듯했다. 유겸이와 나는 고개를 돌려 못 본 척했다. 공연히 가슴이 콩닥거렸다.

—중학교 때, 선배 한 명을 친구와 같이 좋아한 적이 있어. 동아리 선배였는데 알고 보니 그 친구랑 나랑은 그 선배 때문에 같은 동아리에 들었더라고. 처음엔 좀 당황했지만 같이 선배 얘기를 하며 좋아하기도 했어. 서로 그 선배에게 잘해주었는데 그건 선배를 좋아하는 마음도 있었지만 친구를 생각하는 마음이 더 컸던 것 같아. 그런데 그 시간이 길지 않았어.

유겸이가 이렇게 긴 호흡으로 이야기를 하는 건 처음이다. 유겸이는 숨을 길게 내쉬며 호흡을 가다듬었다. 비밀을 어렵사리 꺼내는 것 같아 나는 숨소리도 내지 않으며 다음 말을 기다렸다.

—시간이 지날수록 친구와 나는 미묘한 기류를 감지했고 좀 멀어지기도 했어. 난 사교성이 부족한 편이라 동아리 선후배들과도 어울리기 힘들었지만 친구는 그렇지 않았어. 선후배 모두 그 친

구를 좋아했어.

유겸이가 말을 멈추고 다시 숨을 골랐다. 두 손을 꼭 그러쥔 채 힘을 주고 있다. 나는 말없이 유겸이를 바라보았다. 섣부른 위로의 말은 상처의 무게와 상관없이 쉽게 재단해버릴 수 있는 거니까.

물 위로 하얀 이내가 어리고 시간이 지날수록 다리 위에는 찬 기운이 깊어갔다.

―중학교 때 학칙이 좀 까다로웠어. 연애를 금지하는 분위기였거든. 이상한 교칙으로 벌점이 오갔으니까. 그래서 선배에 대한 마음은 그냥 짝사랑 정도였어. 그 친구도 마찬가지였고. 어느 날 우연히 길에서 그 선배를 만나 같은 방향이라 택시를 타게 되었는데 이게 문제가 된 거야. 정류장에 나란히 서 있는 모습이 찍혔고 사진이 학교 게시판에 올랐어. 다음 날 학교에서 처벌이 내려지고 나와 선배는 공식적인 커플로 낙인찍히게 되었어. 친구가 문제였어. 동아리 선후배들은 다들 친구 편이었고. 나는 친구의 남자 친구를 뺏은 나쁜 년이 된 거야. 여자 선후배들, 공공의 적이 된 거지. 그때부터 동아리에서 나를 괴롭히기 시작했어. 동아리 카톡방에서 유령 취급하며 대놓고 욕을 했고, 견디다 못해 단톡방을 나가면 다시 초대하는 일이 반복되었어. 그 후 전화기를 없애버렸

어. 동아리방에서도 완전 투명 인간 취급을 했어. 그래도 버텼어. 신경 쓰지 않으려고 무던히 애를 썼거든. 나한테는 아무도 없다는 생각, 혼자라는 생각을 넘어 존재할 이유가 없다는 생각까지 오게 되기까지 그리 오래 걸리지 않았어. 그래도 하루하루 버틴다는 생각으로 견뎠어. 그렇게 겉보기에 아무렇지 않게 행동하는 내가 동아리 부원들은 꼴 보기 싫었겠지. 폭력으로 이어졌어. 수치스러움 때문에 굴복하는 건 너무 쉬웠어. 견디기에는 한계가 바로 왔으니까. 너무 무서웠어. 죽고 싶을 만큼 두려웠어. 아침에 눈을 뜨는 게 너무 싫었어. 내가 숨을 쉬고 밥을 먹고 움직인다는 게 싫었어. 어느 날, 견디고 싶지 않다는 생각이 들었어. 그 선배는 한동안 동아리 방에 나타나지 않았어. 말도 몇 번 나눈 적이 없는데. 그 선배가 나서지 않은 건 나를 위해서라고 하는데 만약 그 선배가 나섰더라면 상황이 좀 달라졌을까?

유겸이의 말은 순식간에 퍼붓는 소나기 같았다. 듣는 내가 정신이 없을 지경이었다. 유겸이의 손을 잡았다. 땀이 흥건했다. 두 다리는 가만히 있지 못하고 몹시 떨었다. 방물다리 난간에서 비를 맞고 있던 유겸이가 떠올랐다. 나는 그때처럼 유겸이의 손을 잡고 카페로 향했다.

이제 밀크티 정도는 나도 만들 수 있다. 내가

말없이 포트에 홍차를 우리고 우유를 데워도 아저씨는 말없이 하던 일을 계속했다. 아마 유겸이의 파리한 낯빛을 봤으면 누구나 그럴 것이다. 아저씨가 아껴둔 꿀병을 찾아 꿀을 한 스푼 떨어뜨린 후 유겸이에게 건넸다. 유겸이는 소중한 것을 받아들 듯 찻잔에 양손을 대고 손을 녹였다.

— 맛있다.

유겸이가 웃었다. 마음이 좋았다.

— 어쭈~ 이제 꿀단지까지 넘보냐?

꿀단지 뚜껑을 닫는 나를 보며 아저씨가 말했다.

— 내가 유겸이 너라 봐준다. 오늘 받은 그림값 한다 생각하면 되지? 리필 1회권 쓴 거다 너.

— 알바비서 까세요.

내가 툭 뱉듯이 말했다.

— 연두콩, 내가 알바비서 다 까는 거 모르고 있었냐?

아저씨는 오른쪽 어깨를 두들기고 돌리며 뭉친 것을 풀었다. 아저씨가 얼마나 수제 작업을 견딜 수 있을지 모르겠다. 핸드밀을 저렇게 많이 써서는 도저히 버틸 수 없을 것 같았다.

유겸이가 카페를 나서려고 일어섰다. 좀 늦은 시각이라 걱정되었다. 방물다리에는 인적이 없다. 공룡 갈비뼈 같은 거대 조형물이 가로등 불빛에

창백했다. 메탈의 차가움이 더욱 증폭되었다. 다리 아래 하상도로를 달리는 자동차 소리가 쉑쉑 지상으로 올라와 점령했다. 사람의 시간이 아니라 기계와 속도의 시간 같았다.

—방물다리 건너까지 같이 가자.

내가 유겸이 뒤를 따르며 말했다. 아저씨가 시계를 흘낏 보았다.

—너는?

유겸이가 뒤돌아보며 물었다.

—난, 뛰어오면 돼. 숨 안 쉬고 뛰면 카페 마당이잖아.

아저씨가 말한 다리 위의 남자가 떠올랐지만 유겸이를 혼자 보낼 수는 없다.

—내가 연두콩 숨 쉬는지, 안 쉬는지 검사한다, 으하하하.

아저씨는 다리 위를 살피며 오버해서 웃었다.

다리 초입부터 돔형 아래를 뚫어지게 보았지만 아무것도 없다. 다리 중간쯤 건널 때였다. 유겸이가 후우~ 하고 숨을 길게 뱉었다. 눅눅한 밤바람이 살갗에 들러붙었다.

—그날 선배가 왔다 갔어. 비 오는 날, 기억나지? 다리에서 너를 만났던 날.

—으응? 그랬구나.

그래, 무슨 일이 있지 않고서야, 학교를 일주일

이나 빠지고, 입원까지 할 리가 없다.

—메일이 와 있었어. 올 때까지 나를 기다리겠다고. 만나서 꼭 할 말이 있다고.

—그래서?

나는 최대한 담백하게 물었다. 듣는 것도 묻는 것도 조심스러웠다.

—나는 선배를 만나고 싶지 않았어. 아니 사실은 만나고도 싶었어. 따져 묻고 싶었어. 선배는 왜 아무 말도 하지 않았느냐고.

기다란 뱀처럼 구부러진 하천은 다리를 지나 휘돌아 흘렀다. 물소리만 들리고 하천 위는 칠흑같이 어두웠다.

—비를 맞으며 헤매다 여기까지 오게 된 거고, 너를 만난 거야. 이제사 선배를 만나서 무슨 얘기를 듣고 무슨 말을 할 수 있겠어. 기억하고 싶지 않은 상처만 소환될 거라는 걸  알고 그날 끝끝내 나가지 않았어.

유겸이는 숨이 찬지 호흡을 가다듬었다.

—그날 밤, 정신과 몸은 그때의 시간으로 돌아가 있었어. 결국 또 자해를 했어.

나는 발길을 멈추고 유겸이를 바라보았다. 믿을 수 없었다. 이 아이의 어디에 그렇게 모질고 무서운 것이 들어 있는 것일까. 스스로를 위해한다는 건 도대체 어떤 마음일까. 나는 눈물이 핑 돌았다. 들키지 않기 위해 고개를 돌렸다. 눈물이 나면 콧물은 왜 따라 나오는 것일까. 코 훌쩍이는 소리를 듣고 유겸이가 말했다.

—난 그 일을 겪는 동안 울지 않았어. 눈물조차 나지 않았어. 눈물이 난다는 건 그래도 여지가 있는 거잖아.

—넌 좀, 울어도 돼, 괜찮아. 난 완전 울본데 뭐. 내 소원이 뭔 줄 알아? 스무 살이 되기 전에 내 몸속의 눈물을 말려버리는 거야. 그런데 어떻게 해야 눈물이 마르는지 모르겠어. 시도 때도 없이 눈물이 나서 미칠 것 같아.

—그래서 네가 다른 아이들과 다른 게 아닐까?

—뭐가? 울어서?

—응. 운다는 건, 자기 나름의 숨통을 틔워주는 거란 생각이 들었어. 한동안 난 울고 싶어도 울 수 없었어. 아니 정확히 눈물이 나지도 않았고 슬프지도 않았고 아프지도 않았어. 그냥 뭐가 뭔지 모르겠어서 멍했던 것 같아.

—하아.

듣는 것만으로도 갑갑하고 버거웠다.

—운다는 건 그래도 뭔가를 느낀다는 것 아닐까. 지금 이 상황이 비극이라든가, 자기 연민이라든가.

연민? 자기 연민이라고? 뒤통수를 세게 얻어맞은 느낌이었다.

어느새 다리 끝에 다다랐다.

신지구 쪽은 늦은 밤이어도 간판 불빛이 휘황하고 사람들로 북적인다. 유겸이는 불빛 속으로 녹아들었다. 유겸이에게 손을 흔든 뒤, 돌아섰다. 써늘한 밤공기가 더운 속을 달래주었다. 벚꽃은 피는가 싶더니 어느새 바람결에 꽃잎을 날리고 있다. 가로등 불빛에 꽃잎 몇 개 떨어지는 모습이 눈송이처럼 보였다.

다리 중간쯤 지날 무렵 돔형 판넬 지붕 아래 텐트를 치는 사람이 보였다. 빛이 들지 않아 실루엣만 보였다. 아저씨가 말한 그 사람 같았다. 조심해라, 했던 아저씨의 목소리가 들리는 듯했다. 저 멀리 등대의 불빛처럼 카페 이상이 노랗게 빛났다. 멀고도 멀어 보였다.

뛰어가다 공연히 눈에 띄면 뒷덜미를 훅 낚아챌지도 모른다. 공기처럼 소리 없이 지나가고 싶다. 그럴수록 감각이 곤두섰다. 점점 텐트남 곁으로 가까워졌다. 함부로 눈길도 주지 못한 채 앞만 보며 걸었다. 기척이 나도 절대 돌아보지 말자며 걸음을 재촉했다. 바람이 뒤에서 미는 거처럼, 두 발에 바퀴라도 단 것처럼 몸을 앞으로 빼며 걸었다. 힘이 들어가서 그런지 마음만큼 속도가 나지 않고 걸음걸이도 힘겨웠다.

— 크르르릉.

남자 곁을 지날 때 정체 모를 소리가 들렸다. 사람이 아니라 짐승의 소리 같았다. 감전된 듯 눈앞이 노랬다. 몇 초간 앞이 보이지 않았다. 힘이 쭉 빠져나간 듯 두 다리는 몹시 후들거렸다. 뛰기 시작했다. 다리를 벗어나려면 반 정도의 거리가 남았다. 난생처음 전력 질주를 했다.

카페 문을 밀칠 때는 심장이 터질 것처럼 부풀어 올랐다. 아저씨가 주방을 정리하다 뛰쳐나왔다.

— 왜 왜 왜?

테이블에 엎어지듯 주저앉았다. 혀가 쩍쩍 들러붙었다. 커피 향과 따듯한 기운에 안도의 숨이 쉬어졌지만 등 뒤를 낚아챌 것 같은 공포는 여전했다. 간신히 고개를 빼고 다리 위를 살폈다. 남자는 태연하게 그 자리에 텐트를 치느라 분주했다. 나를 따라오거나 위협을 가한 적이 없다는 듯 너무나 태연했다.

— 저 사람이에요? 하아. 지난번에 아저씨가 말한 사람요? 헉헉.

다리 쪽을 가리키며 말했다. 숨이 차서 제대로 말이 나오지 않았다. 아저씨는 그제야 안도의 숨을 쉬며 말했다.

—그런 거 같은데? 왜 뭐라고 해?

—네, 하아~ 아니요. 뭐라고 한 것 같기도, 그렇다고 안 한 것 같지도 않고요.

—무슨 대답이 그래. 왜 그렇게 놀라는데?

—모르겠어요. 제가 잘못 들은 건지도 모르겠어요.

가리키던 손가락을 슬그머니 접었다. 내 안의 두려움일 수도 있다는 생각이 들었다. 이규 학교에 갔을 때 무턱대고 두려워했던 것처럼. 텐트남의 헛기침을 짐승의 소리로, 내 안에서 만든 건지도 모르겠다는 생각이 들었다. 텐트남이 굳이 지나가는 사람에게 그런 소리를 내어 위협을 가하는 것도 그에게 유리할 게 없다.

이후 아저씨는 퇴근 시간을 당겨주었다. 그날도 아저씨는 헉헉거리는 내 앞에 흰 도화지처럼 얇게 빚은 찻잔에 밀크티를 주었다. 그제야 안정이 되는 듯했다.

# 이보라

방문을 열었다. 방 안 가득 물건이 어지러웠다. 도둑이라도 왔다 간 거처럼 제자리에 있는 것이 없다. 서랍도 방바닥에 패대기쳐 있고 책도 널브러져 있다. 옷 바구니며 양말 통까지 나뒹굴었다. 폭풍이 휩쓸고 간 뒤처럼 세간이 뒤엉켜 있다.

보라가 없다. 엄마 방에도 불이 꺼져 있다. 책이며 옷가지, 문구류가 엉켜 있어서 발 디딜 곳이 없다. 심장이 두방망이질 쳤다.

엄마 방 앞으로 갔다. 살며시 방문을 열었다. 창문으로 새어드는 빛에 안방의 윤곽이 보였다. 엄마 옆에 보라가 누워 있다. 잠이 든 것 같다. 엄마는 이마 위에 팔을 얹고 천장을 향해 누워 있다. 잠이 든 것 같지는 않았다. 소리 나지 않게 문을 닫고 내 방으로 왔다. 옷가지를 접어 정리하고 책과 문구류를 정리하다 유겸에게서 받은 편지가 보였다. 엄마가 편지를 본 것일까?

—왜 이렇게 늦게 들어오냐?

문밖에서 엄마의 성마른 목소리가 들렸다. 손길을 멈추고 숨도 멎은 채 엄마 말에 귀 기울였다.

—대충 치우고 자라.

조금 수긋해진 목소리였다. 일어서 벌컥 방문을 열었다. 엄마가 다시 방으로 들어가기 전에 잡아야 한다는 생각뿐이었다.

—보라는요?

내가 따지듯 물었다. 엄마는 마루에서 내려 신발을 신다 멈춰 섰다.

—안방서 자게 둬. 죽지 않을 만큼만 팼다. 후우~.

엄마가 한숨을 크게 쉬었다.

—왜요?

내가 다시 항의하듯 물었다. 왜요? 왜 그렇게 죽을 만큼 팼는데요오!라고 소리를 치고 싶었다. 당신 생이 그렇게 억울하세요? 그게 왜 보라와 제 잘못인가요? 폭포처럼 쏟아지는 말을 삼키려고 애썼다. 이제는 가만히 있고 싶지 않았다.

—왜요? 이게 어디서? 너는, 언니라는 년이 지 동생이 밖에서 무슨 소리를 듣고 다니는지 알기나 해?

엄마는 다시 감정이 끓어오르는지 격한 목소리로 따지듯 말했다.

—무슨 말을요?

—어이구, 내 팔자야. 내가 미친년이지. 미친년이 자식은 또 싸질러서 이 고생이지.

엄마는 신세 한탄 조의 말을 대문간에 부리며 집을 나섰다.

안방 문을 열었다. 이불을 젖히고 보라의 몸을 살폈다. 보라는 인상을 쓰며 돌아누웠다. 여기저기 빨갛게 툭툭 불거져 있다. 빗자루로 맞은 모양이다. 손목에도 허벅지에도 종아리에도 벌겋게 멍울이 선 것도, 누르스름하게 멍이 지는 것도 있다.

—보라야.

보라를 흔들어 깨웠다.

—눈떠 봐. 무슨 일이야? 응?

보라는 눈이 부신 듯 실눈을 뜨며 비볐다.

—왜에?

보라는 두리번거리며 엄마를 찾는 듯했다.

—나가셨어.

목소리 끝이 떨리며 울음이 올라왔다.

—안 죽어. 걱정 마. 울지 말고 좀.

나는 울었다. 창피한 것도, 눈물을 말려버리겠다는 다짐도 다 모르겠다. 그냥 심장이 아팠다.

소리를 죽이며 울다가 꺽꺽 소리 내어 울었다.

내가 맞은 것보다 더 힘들었다. 그렇다고 내가 마음을 다해 보라를 생각하는 것도 아닌데 알 수 없다. 마음과 의지와 눈물과 생각은 따로따로 논다. 머리가 아팠다.

보라는 내 울음이 멈출 때까지 기다린 뒤 몸을 뒤척이며 말했다.

— 스읍, 아우 아퍼. 맞은 사람은 난데 왜 언니가 울고 난리냐?

신기했다. 맺힌 게 아무것도 없는 듯한 저 말투. 친엄마라서 그런가? 맞은 건 맞은 거고, 엄마는 엄마고, 시간은 또 지날 것이고, 어떻게 저리도 명확하게 분리할 수 있는 것일까? 나이에 맞지 않는 어른스러움에 질릴 때가 있다.

— 난 그냥 여기서 잘래. 우리 방 엉망일 거야. 내일 토요일이잖아. 내일 얘기해줄게.

보라는 다시 이불을 뒤집어썼다.

졸지에 나는 질질 짜기나 하는 철없는 동생이 되어버렸다. 보라는 번번이 나를 그렇게 만든다.

보라가 내 방으로 건너온 건 아침이었다. 방문이 열리는 소리를 듣고 벌떡 일어나 앉았다.

— 괜찮아?

보라를 살피며 물었다.

— 괜찮겠어? 책이며 뭐며 서랍까지 다 빼서 집

어던졌는데. 책상도 들 수 있었으면 던졌을 거야 아마.

—엄마는?

내가 보라의 뒤를 살피며 물었다.

—또 안 들어오신 거 같어. 내가 어제 맞다가 엄마나 잘하라고 했거든.

—아주 맛이 갔구나. 너까지 왜 그래?

—아우, 씨이. 왜 내 말을 안 믿고 그래? 아무리 아니라고 해도 다짜고짜 때리기부터 하잖아.

—뭘? 뭘 안 믿었단 얘기야?

—학교에서 휴대폰이 없어졌는데 그게 내 가방 속에 있잖아. 누가 누명 씌운 거라고 아무리 얘기해도 담임이 믿질 않아. 그러더니 엄마한테 전화를 했고. 학교서 오자마자 방이고 뭐고 물건이란 물건을 다 집어던지고 뒤지고 때리고. 사람을 완전 도둑으로 몰고 씨이!

나는 방바닥에 철퍼덕 주저앉았다. 잠깐이었지만 정말 보라가 남의 물건에 손을 댄 게 아닌가 싶어서 다리의 힘이 풀렸다.

—뭐야? 언니 너도 내 말 안 믿냐? 씨?

보라는 이불을 걷어붙이고 일어나 앉았다.

—물건이 네 가방 속에 있었다며? 어쩌려고?

내가 소리를 버럭 질렀다. 벌써 눈물이 났다.

—아니라고오.

보라가 울먹였다. 정말 억울하고 갑갑한 듯 소리쳤다.

—그럼 어떻게 된 거야? 누가 넣어놓은 거면? 왜 하필 네 가방 속이야?

—신지구 아이들 짓이야. 전에 신지구 사는 애가 나랑 앉지 않겠다고 자리 바꿔 달라고 한 적 있다고 했지?

—응, 그래. 기억나.

—걔네들 짓이야.

—확실해? 걔네가 왜?

—반 아이들은 구지구, 신지구로 갈라져 있어. 어쩌다 보니 내가 구지구의 대표 격이 되어 있더라고. 걔는 신지구의 대표고. 아이들은 어디 사는지에 따라 밥도 같이 먹지 않아. 모둠 수업 때도 얼마나 교묘하게 따로 팀을 만드는지 선생들도 눈치 못 챌걸. 하긴 알고 있다 해도 어쩌겠어. 근본이 다르다고 생각할 텐데.

—너, 근본이 뭔지는 알아?

—왜 이러셔~, 금수저 흙수저, 것도 모를까 봐? 애들이 더 잘 알아.

—신지구 대표 걔가 최신형 휴대폰을 갖고 왔어. S8인가 뭔가 100만 원도 넘는대. 쉬는 시간마다 난리도 아니었어. 정작 군침 흘리는 애들은 신지구 애들이야. 걔네들은 얼마든지 가질 수 있

거든. 지금 갖고 있는 것의 한 단계 위니까. 구지구 아이들은 관심도 없거니와 가질 수 있는 거라고 생각 안 해. 거기에다 신지구 아이들은 그들만의 리그에서 교묘하게 라이벌을 형성해. 그런 건 워낙 비슷한 아이들이 갖게 되잖아. 그중 한 명이 S8을 훔쳤고 그걸 내 가방에 넣는 걸 본 아이가 있어.

보라의 얘기를 들으며 마음이 좀 놓였다. 내가 알고 있는 보라는 절대로 거짓말하지 않는다. 지나치게 그대로 표현하는 바람에 엄마한테 매를 맞는 것이 안타까울 정도로 숨기거나 포장하는 법이 없다.

―웃기는 건 선생님이 구지구 아이들 말보다 신지구 아이들 말을 더 믿는다는 거야. 물건을 훔쳐도 구지구 아이들이 훔쳤을 것이다, 뭐 그렇게 단정 짓는 거지. 내 가방에 넣는 걸 본 것도 구지구 아이거든.

당연히 그럴 것이다, 라고 단정 짓는 것이 제일 위험한 거라고 했다. 정말 그럴까? 라고 의심하며 흔들리는 게 오히려 마음과 생각을 보태서 진실에 가까워지는 거라고 했다.

―봐, 엄마도 내 말은 들어보려고도 안 하고 물건부터 집어던지잖아.

두툼한 계란말이에 콩나물국을 끓이고 햄을 넣어 신김치를 볶은 다음 더운 쌀밥을 펐다.

—밥 먹자.

—와~~~.

보라는 환호성을 지르며 밥상으로 다가앉았다.

—많이 먹자.

식재료를 많이 썼다고 엄마한테 혼날지도 모른다. 그럴 때 할 말까지 다 준비해놨다.

'밥이라도 잘 먹어야 하잖아요.'

—사과 받을 거야. 애들한테도 선생님한테도.

보라는 햄이 든 신김치를 꼭꼭 씹고, 콩나물국을 후루룩거리며 다짐하듯 말했다.

—당연.

당차게 오물거리는 보라의 입을 보며 나도 답했다.

## 4월에 내린 눈

불량두를 숯불에 볶느라 좀 늦었다. 생각보다 생두 자루에서는 결점두가 많이 나온다. 버리기 아깝다고 하자, 방향제로 만들어서 손님들에게 주면 어떠냐는 아저씨의 제안이 있었다. 결점두로 로스팅 연습도 해보라고 했다. 재료비나 수고비 정도로 카페에서 사주기로 했다. 나는 한 개의 아르바이트가 더 생긴 셈이다.

유겸이에게 건네자 무척 좋아했다. 내가 직접 숯불에 볶았다는 말을 듣고 콩주머니에 코를 대고 몇 번이나 냄새를 맡았다. 그런 다음 손으로 연거푸 쓰다듬었다. 유겸이는 여러 개의 콩주머니를 주문했다.

늦은 밤, 카페 앞에 경찰차가 정차했다. 경광등이 돌 때마다 주변의 사물들이 드러났다 사라지곤 했다. 경찰 두 명이 다리로 향했다. 텐트로 가는 듯했다.

그날 이후 아저씨는 다리 위의 남자를 관찰했다. 일정한 시간대에 다리로 돌아온 다음 돔형 차양 아래 텐트를 친다고 했다. 카페는 정오쯤 여는데 다음 날이면 텐트남은 흔적도 없이 사라진다고 한다. 나도 학교 갈 때 텐트를 본 적이 없다. 늦은 밤, 사람들 눈을 피해 왔다가 등교 시간이 되기 전에 철수하는 것이다.

형광색 옷을 입고 경찰봉을 휘두르며 걷는 두 사람을 쫓아 고개를 빼고 다리 쪽을 쳐다보았다.

—무슨 일일까요?

—누군가 신고했을 수도 있지.

—아무 피해를 안 주는데도요?

—노점상도 무슨 피해를 주지는 않았어.

뜬금없는 말에 내가 올려다보자, 아저씨는 뒤이어 말했다.

—보기 불편하거든. 위험 요소를 제거해버리는 게 안전을 확보하는 거라고 믿는 사람이 생각보다 많아.

경찰봉은 어둠 속에서 빨갛게 달궈진 도깨비불처럼 둥둥 떠다녔다. 경찰은 텐트를 돌며 살피다 쭈그려 앉아 입구를 들추었다.

텐트에는 아무도 없는 듯했다.

—얼마 전, 텐트에서 자다 죽은 벨기에 청년 얘기 들어본 적 있니?

창밖과 아저씨를 번갈아 보았다. 아저씨는 사뭇 텐트에서 눈을 떼지 못했다.

—무더위와 굶주림으로 이틀이나 지나 발견되었다더라. 그것도 산책 나온 개가 우연히 발견했다고.

벨기에는 열여덟 살이 되면 보호시설에서 독립을 해야 한다. 아마 우리도 그렇지 않을까 싶다. 차라리 그 친구가 문제를 일으켰다면 최소한 굶어죽지는 않았을 거라고 한다. 관찰 대상이 되면 어디서 뭘 하는지 체크되기 때문이다. 드러나지 않는 경우가 더 문제다. 부모가 일찍 이혼하는 바람에 보호시설에서 살다가 엄마와도 교류가 끊기고 재혼한 아버지의 보살핌도 받지 못했다고 했다. 열여덟 살에 굶주림에 의한 자연사라니.

—저 텐트를 볼 때마다 그 기사가 떠올랐는데.

아저씨의 말에 내가 자꾸 대입되었다. 벨기에 겐트의 휴양공원이 아니라 대한민국의 소도시 천변 저지대에 살고 있던 고1의 여고생이 혼자 남겨진 것을 견디지 못하고 고독사할 수도.

아저씨는 기사를 검색해서 보여주었다. 얼굴 사진 아래, 고독사라는 단어가 눈에 띄었다.

아저씨 뒷집에서도 일어날 수 있는 일이에요,

라고 나는 속으로 말했다. 벨기에 청년과 다리 위의 남자, 그리고 나. 크게 다르지 않았다. 벨기에 청년과는 가정사도 엇비슷했다.

아저씨와 내가 모니터에서 고개를 드는 순간이었다. 카페 마당으로 한 남자가 상체를 숙이며 빠르게 지나갔다. 아주 짧은 순간이었다. 아저씨와 눈이 마주쳤을 때 텐트남일 거라는 확신이 들었다. 텐트남은 순찰차 불빛을 피해 카페 앞 다리 아래로 숨었다. 다리 아래 천변 쪽 비탈진 곳에 몸을 숨기는 잽싼 몸짓을 지켜보았다.

숨이 턱 멎는 것 같았다. 심장이 빵빵하게 부풀어 올랐다. 눈을 동그랗게 뜨고 아저씨를 바라보았다. 저만치 경찰들이 다리를 건너 카페 쪽으로 오고 있다. 나는 공연히 어쩔 줄 몰라 허둥댔다.

—어떻게 해요?

아저씨가 나를 주방으로 밀어 넣으며 말했다.

—찻잔 마저 씻어줄래?

아저씨의 목소리는 침착했다. 경찰이 카페 문을 열었다.

—수고하십니다. 말씀 좀 여쭙겠습니다.

경찰이 가볍게 거수경례를 하며 말을 붙였다.

아저씨는 어지러이 널려 있는 핸드밀 중 하나를 손에 들고 대답했다.

—아, 네네.

—혹시 다리 위에 텐트 치고 자는 사람 본 적 있나요?

—본 적은 없습니다만, 무슨 일 있나요?

—아 네, 민원이 들어와서요. 뭐 특이사항은 없었습니까?

—네, 가게 문 닫고 가기 바빠서 자세히 본 적은 없습니다.

—혹시 이상한 동태라도 있으면 지구대로 바로 연락 주십시오.

경찰은 거수경례를 한 뒤 순찰차와 함께 사라졌다.

아저씨 옆에 붙어서 창밖을 살폈다. 다리 위도, 아래도 조용했다. 인적이 거의 끊긴 시간, 어둠만이 괴괴했다.

아저씨가 카페 문을 닫고 대문까지 바래다주었다. 무서웠다. 어둠 속에서 늑대인간 같은 남자가 튀어나와 크르릉거릴 것만 같았다. 대문을 걸고 방문을 잠갔다. 보라에게도 텐트남 얘기를 꺼내며 문단속을 당부했다.

—나쁜 짓을 한 것도 아니라며?

보라가 이상하다는 듯이 되물었다.

—어.

—그럼, 다리에서 텐트 치고 자는 게 잘못인 거야?

—건 나도 몰라.

—그럼 보호하려는 거 아니야?

—누가?

—경찰이.

—아, 그래?

잠깐 어찔했다.

—으으 추워.

보라가 이불을 머리끝까지 덮으며 몸을 옹송그렸다. 밤이 되자 갑작스레 기온이 떨어졌다. 봄이라기보다 겨울 초입 같았다. 다리를 건너오는 경찰관들의 입에서 허연 입김이 나올 정도로 추웠다. 텐트남은 다리 밑에서 나와 다시 텐트로 돌아갔을까? 겁을 집어 먹고 다리 밑에서 나오지 않을 수도 있다. 한뎃잠을 자기에는 마음을 놓을 수 없는 날씨이다.

졸리지 않았지만 눈을 감고 누웠다. 아무것도 하고 싶지 않았다. 책을 보는 것도, 라디오를 듣는 것도, 중간고사 대비 시험공부를 하는 것도. 한참이 지났지만 잠이 오지 않았다. 심장도 간헐적으로 뛰다 빨리 뛰다 몹시 불안했다. 곧 닥칠 나의 모습을 본 것 같아 명치끝이 아렸다. 다리 위 남자는 어떻게 되는 것일까.

공원 텐트 속에서 외로움과 굶주림으로 죽음을 맞이한 벨기에 청년의 눈이 너무나 슬퍼 보였다. 밝은 햇빛 속에서는 곧 녹아 사라질 것처럼 파리했던 얼굴.

나는 어떻게 되는 것일까. 나는 '무엇'이 될 수 있을까? 죽지 않고 스무 살, 서른 살을 맞이할 수 있을까? 다리 위 텐트에서 혹은 빈집에서 외로움과 싸우다 고독사하는 건 아닐까.

뒤죽박죽 정리되지 않은 생각들이 앞다투어 나타났다 사라지곤 했다. 의식은 더욱 말똥해졌다. 어떻게 해야 세상 사람들에게 내가 여기 있다는 것을 알릴 수 있을까. 창문이 희붐하게 밝아올 즈음 까무룩 잠이 들었다.

엄마는 보라와의 일이 있고 나서 집을 나간 후 돌아오지 않았다. 벌써 일주일이 넘었다. 엄마가 돌아오지 않은 것을 확인하는 아침마다 불안함과 평온함이 공존했다.

방문을 열다 하얗게 덧칠된 마당을 보고 깜짝 놀랐다. 두 눈을 의심하며 고개를 들었을 때 하늘 가득 메우며 내리는 함박눈을 보았다. 4월에 눈이라니. 마치 한지를 뭉텅뭉텅 잘라 흩뿌리는 거처럼 눈송이가 컸다. 대기를 뿌옇게 채우며 내리는 모습은 마치 꿈속처럼 몽환적이었다. 벚꽃 잎이 하늘거리며 떨어지면 모를까, 예상치 못한 풍경에 끊임없이 내려찧는 눈송이를 아득히 바라보았다.

이런 걸 두고 기상이변이라고 하는 건가? 땅에 닿자마자 눈송이는 시나브로 녹았지만 먼 산에는 눈이 쌓이기 시작했다.

—와~ 웬 눈이야? 어쩐지, 대박 춥더라.

보라가 쪽마루에 서서 말했다.

학교 가려고 나설 쯤, 눈은 언제 왔나 싶게 그쳤다.

방물다리를 건너며 텐트가 놓여 있던 자리를 가늠해보았다. 어떤 흔적도 없다. 다리 위의 남자는 어떻게 되었을까. 다리가 끝날 즈음 시멘트 바닥에 찍혔던 발자국을 살펴보았다. 내 발자국 옆에 저것은 텐트남의 발자국일지도 모른다. 발자국 두 개로 남은 남자. 어쩔 수 없이 찍힌 것일 텐데, 마치 자신의 존재를 증명하기 위한 표식처럼 보였다. 나의 흔적도 거기에 있다. 큰 신발 자국 옆에 내 발자국이 있는 게 좀 불길했다. 같은 운명을 예고한 거라면 어쩌지?

이규에게

내가 편지를 쓰면 이규는 어떻게 이 편지를 읽게 될까 궁금하다.

멘토님이 옆에서 읽어줄 수도 있다고 생각

하니

공연히 멘토님의 눈이 의식된다.

지난번 편지 고마웠어.

나는 밋밋하고 볼품없고 보잘것없다고 생각하는데

네 편지를 받고 내가 조금은 특별한 사람이 될 수도 있다는 걸 어렴풋이 알게 됐어.

고마워.

그날 작업한 것 중에 마음에 드는 사진이 있다니 나도 좋다.

사실 그날 너의 안내자가 된 것은 내게 더 큰 선물이었어.

잘 모르기 때문에, 혹은 아직 오지 않은 것들에 대한 두려움 같은 건 필요 없다는 생각이 들었거든.

나도 이제 조금의 용기를 내보려고 해.

그게 잘될지는 모르겠다.

두루내에 물고기가 많아지고 있어. 그럼 백로나 왜가리가 많이 오거든.

꼭 오렴.

동봉해준 사진은 이규, 네 솜씨인지 궁금해.

안녕, 또 보자.

연두.

점심시간에 이규에게 편지를 썼다. 눈이 언제 왔나 싶게 한낮이 되자 부드러운 바람이 불었다. 곧 5월이다. 눈이 왔어도 꽃 진 자리에는 파란 버찌가 앉게 될 것이고 이파리는 연두를 지나 초록으로 갈 것이다.

모의고사 성적이 나온 후 아이들은 유겸이와 나에게 관심을 가졌다. 존재감도 없이 지질해 보였는데 예상이 빗나간 표정이었다. 유겸이는 쓸데없이 냉랭한 재수 없는 아이로, 나는 구지구의 저지대 사는 구질구질한 아이라고 여겼을 텐데. 아이들은 유겸이와 내가 읽는 책이 무엇인지 슬쩍슬쩍 들춰보기도 했다.

매주 월요일마다 자리가 바뀌고 짝이 바뀔 것 같았지만 한 달여 정도 지나자, 자리와 짝은 고정되었다. 선생님도 그걸 노린 것 같았다. 유겸이와 나는 언제나 맨 앞 창가 자리였다.

유겸이는 방물다리의 고백 이후, 조금은 안정돼 보였다. 누군가와 비밀을 공유한다는 건 의지의 대상이 되기도 한다는 걸 알았다. 가끔 유겸이가 묻는다.

—엄마는?

—들어오셨냐고?

—응.

—아니.

—괜찮아?

—괜찮기도, 괜찮지 않기도.

—그런 담담함은 어디서 생기는 거야?

—그래 보여?

—응.

—내가 포장을 잘하는 거지.

—것 봐. 그런 대답이 쉽냐고.

—지난번 편지에 썼잖아. 살고 싶다고.

나는 고개를 돌려 운동장을 내려다보았다. 오래된 수양버드나무가 머리칼을 풀고 일렁였다. 이규가 찍은 사진은 파래가 감긴 버드나무인데, 이젠 잎이 넓어져 돌말이 물결을 타는 것처럼 보였다. 나는 버드나무의 저 유연성이 좋다.

—내가 이 상황에서 할 수 있는 게 없어. 우리 나이가 그렇잖아.

바람을 타는 버드나무를 보며 말했다.

—넌 어른 같아.

—나한테 있는 그런 무거움도 싫어.

나도 어리광 부리며 철없이 살고 싶다. 내 나이에 걸맞게 살고 싶다. 고층 아파트에 사는 신지구 아이들이 몹시 부럽고 엄마, 아빠 차를 타고 등교하는 아이들이 부럽다. 떠지지 않는 눈으로 엄마가 해준 밥을 시간 없다고 퉁퉁거리며 먹지 않고 학교에 가고 싶다.

아침마다 엄마의 방문을 열며 들어왔는지 여부를 확인하고 싶지 않고, 살고 싶다는 생각 없이 그냥 살아봤으면 좋겠다. 단 하루만이라도.

카페로 출근하기 위해 옷을 갈아입으려고 방문을 열었다. 보라가 누워 있다.

— 웬일이야?

— 그냥 졸려. 조퇴했어.

보라는 힘없이 말했다.

— 왜?

나는 옷을 벗다 멈칫했다.

— 몰라, 힘이 없어. 열도 나고.

— 또 열이 난다고?

보라의 이마를 짚어보았다. 뜨거웠다. 간밤에 몹시 춥다더니 감기인가?

— 왜 그래? 엄마 없을 때마다?

더럭 겁이 났다.

— 꾀병 아니야.

보라의 목소리는 탁하게 갈라졌다.

— 누가 꾀병이래? 학교에서 사과는 받았어? 그것 때문에 그래?

— 몰라, 나도.

— 사과 받았냐고?

소리를 지르고 말았다.

—아니, 왜 화를 내고 그래? 걔네들이 사과 안 하는 게 내 잘못이야?

아프다면서도 꼬박꼬박 할 말은 다 한다.

—선생님도?

—응.

—신지구 아이들도 안 했다는 얘기지?

—응.

분노가 치밀었다. 신지구 아이들이 이런 일을 당했다면 부모들이 가만히 있지 않았을 것이다. 그게 무서워서 학교도 진즉에 절차를 밟았을 것이다. 엄마가 나섰더라면 어땠을까?

엄마에게 전화를 했다.

—보라가 아파요.

다짜고짜 통보하듯 말했다.

—뭐? 또?

내가 먼저 전화를 끊어버렸다.

흰죽을 끓여 보라 입에 흘려 넣었다. 편도가 부었는지 넘길 때마다 미간을 몹시 찡그렸다. 해열제를 먹였다. 얼마 되지 않아 흰죽과 해열제를 고스란히 토해 냈다. 보라의 몸에서 무슨 일이 일어나고 있는 것일까.

보라의 입술이 터질 것처럼 붉었다. 화장실 간다며 일어서다 보라는 또 코피를 쏟았다. 비틀거리는 보라를 부축하며 코피를 닦았다. 휴지를 말아 코를 막았다.

— 왜 그래, 대체. 엉?

울음이 터질 것 같았다.

머리에 물수건을 올리고 겨드랑이를 닦아주었다. 체온은 좀처럼 떨어지지 않았다. 보라는 입이 타는지 연신 침을 묻혔다. 그때마다 뜨거운 숨이 쏟아졌다. 다시 밥물을 하얗게 우린 뒤 차게 식혀 보라의 입에 흘려 넣었다. 허겁지겁 삼켰다. 밥물 속에 해열제를 녹여 흘려 넣었다. 이번엔 토하지 않았다. 열이 좀 떨어지는지 달싹이던 입술도 잠잠했다.

목이 말라 눈을 떴을 때 보라 옆에 검은 형체가 보였다. 엄마다. 불도 켜지 않은 채 등을 둥그렇게 말고 무릎을 감싸 안은 채 보라 옆에 앉아 있다.

— 하아…….

엄마의 한숨 소리가 길고 깊었다.

방바닥에 쓰러져 잠든 것 같은데 이부자리 위에 누워 있다. 엄마가 옮긴 것도 모른 채 잠이 든 모양이다.

엄마는 보라의 머리를 귀 뒤로 넘기며 잔 머리칼을 쓸었다. 이마를 덮은 앞머리도 쓸어 올리며 열을 체크했다. 보라는 내일 아침이면 해맑게 웃으며 다 나았다고 할 것이다. 엄마가 왔으니까.

잠이 깬 것을 엄마가 눈치 채지 못하도록 숨을

작게 쉬었다. 다시 잠을 청했지만 머리는 더없이 맑았다.

당집 할머니 말을 믿어보기로 했다. 마농이 오기 전, 할머니는 그렇게 말했다. 안 보고 사는 게 더 낫다면, 보고 사는 것보다 안 보고 사는 게 인연이라면 떨어져 사는 것도 괜찮은 거라고. 나는 그 말을 믿어보기로 했다.

—후우.

다시 엄마의 한숨 소리가 들렸다. 엄마의 등은 무덤처럼 둥글게 굽었다.

—엄마.

낮은 목소리로 침착하게, 떨지 않으려고 노력했지만 잘 안 되었다.

—…….

엄마는 흠칫 놀라는 기색으로 나를 돌아봤지만 대답은 없다.

—보라 데리고 가세요. 그래도 돼요.

나는 두 눈을 감고 또박또박 말했다. 최대한 냉정하면서도 담담하게. 눈꺼풀이 자꾸만 떨렸다. 이내 눈꼬리로 눈물이 흘렀다. 목울음이 올라와 목 줄기가 아팠다. 소리를 내지 않기 위해 숨을 참았다. 잘못했다간 꺽, 하고 울음이 터질 것 같았다.

엄마는 두어 번 코를 훌쩍인 뒤 말했다.

—잘난 척하지 마, 이년아. 빽하면 쳐 울기나 하는 년이 어른인 척은?

엄마는 다시 고개를 돌려 두 무릎을 감싼 뒤 몸을 더 작고 동그랗게 말았다.

—더, 자. 쓸데없는 소리 말고. 하아……

엉엉 소리 내어 울고 싶었다. 나는 입과 코를 틀어막으며 이불을 움켜쥐었다.

—나는 니가 처음부터 부담스러웠다. 니 눈을 마주 보는 게 힘들었어. 내 속을 다 알고 들여다 보는 것 같았어. 네 눈빛이 그랬어. 네 엄마에게서 아버지를 뺏어간 년이라고 뭐라고 그러는 것 같더라. 어린아이 눈빛이 아니었어. 느이 아버지와 엄마, 그리고 내가 그렇게 만들었다는 생각이 들더라. 느 아버지 죽고 이제 덜하겠지 했는데 그렇지만도 않더라. 내가 널 밀어내는 건지, 네가 날 밀어내는 건지. 후우……

나는 이불을 머리끝까지 덮었다. 우는 모습을 들키고 싶지 않았다. 엄마 말이 끊기면 안 되니까. 그리고……, 진짜 내 마음을 들키고 싶지 않았다.

—걱정하지 마. 내가 널 놓고 가려면 못 가겠니? 두 번이나 해봤음 됐지. 내가 등신도 아니고 세 번씩이나 갈 것 같니?

아버지와 초혼이 아니라고? 처음 듣는 얘기였다. 어디선가 크고 있을 또 한 명의 나 같은 아이가 있을지도 모른다. 엄마를 처음 봤을 때 내 머리를 쓰다듬으며 눈물을 보인 건 그 아이 때문인지도 모르겠다.

밤새 엄마의 간호를 받아서인지 보라는 아침부터 죽을 조금씩 넘겼다. 그나마 기운을 차린 것 같아 나는 마음 놓고 학교로 향했다.

눈두덩이 잔뜩 부어올랐다. 간밤에 울다 잠든 게 티났다.

—무슨 일 있었어?

유겸이가 내 얼굴을 살피며 물었다.

—아냐. 엄마가 오셨어.

—왜, 뭐래?

—아니.

날 버리지 않겠대. 나는 이 말을 하고 싶었지만 할 수 없었다. 버려질까 봐 떠는 모습을 누구에게든 들키고 싶지 않았다.

말이 없자 유겸이도 말없이 곁에 앉아 있다. 같은 하늘, 같은 바람, 같은 나무 아래……, 그것만으로도 위로가 되었다. 마농이 한국에 온 것도 그런 거라고 했다. 같은 하늘 아래, 같은 바람을 맞고, 같은 공기를 마시고 싶은 것.

카페로 출근했을 때 아저씨 낯빛이 어두웠다.

알바생 출근 시간에 맞춰 생두도 꺼내놓지 않았고 탁자 위에 즐비하게 도열해 있어야 할 핸드밀도 없다. 아저씨는 서성거리며 어떤 생각으로 골똘했다.

—왔니? 별일 없었지?

아저씨는 뜬금없이 물었다.

—무슨 일요?

마치 어젯밤, 엄마와의 대화를 아는 거처럼 물어서 나도 모르게 뾰족하게 되물었다.

—아, 아니다.

—무슨 일 있으세요? 왜요?

—기온이 갑자기 내려갔기 때문일 거야. 하필이면 4월에 눈이라니.

아저씨는 밑도 끝도 없이 말하며 두 손을 비비적거렸다. 그런 뒤 팔짱을 끼고 창가에 서서 하늘을 올려다보았다. 나는 멀뚱히 아저씨를 바라보았다. 통 짐작이 가지 않았다.

—눈 온 거 때문에 그러세요? 그게 왜요? 때늦은 눈이 올 때도 있다던데요 뭐. 세계적으로 종종 있는 일이래요. 기상이변은 이제 이변이 아니라는데요. 이변이 일상화되는 시대래요.

아저씨는 내 말을 듣고 있는 것 같지 않았다.

—오늘 낮에 다리 밑에서 말이야.

아저씨는 망설이는 눈빛으로 나를 바라보았다.

—설마 엊그제 우리가 봤던 그 사람은 아니겠지? 그래, 아닐 거야.

아저씨는 혼잣말하듯 주섬주섬 다음 말을 이었다.

—아니야. 아닐 거라는 보장도 없잖아?

횡설수설이다.

—무슨 말씀이세요? 텐트남요?

아저씨는 한참 동안 나를 바라본 뒤 말했다.

—다리 밑에서 누가 변을 당했어. 산책로를 지나던 사람들이 오늘 낮에 발견했어. 똘똘 말아놓은 텐트 옆에.

경찰의 눈을 피해 다리 밑으로 숨어들던 검은 그림자가 떠올랐다. 가슴이 두방망이질 쳤다. 숨이 가빴다.

—설마요.

아저씨는 창밖을 내다보았다. 텐트남이 숨어들던 자리를 확인하는 것 같았다.

엊그제 경찰들에게 텐트남을 숨겨준 게 그를 죽게 한 건지도 모르겠다는 생각이 들었다. 보라 말이 맞을지도 모른다. 보호하려는 건지도 모르잖아, 했던 말. 눈앞이 어찔할 정도로 현기증이 일었다. 손이 바들바들 떨렸다.

—어떻게 해요.

나도 모르게 울음 섞인 목소리가 흘러나와 입

을 막았다.

오늘은 카페를 열지 않기로 했다. 아저씨는 '오늘은 쉽니다'라는 팻말을 걸었다.

삶과 죽음의 경계가 너무나 가까웠다. 삶과 죽음의 거리는 카페 앞에 놓여 있는 일방통행 도로 폭보다도 더 가까워 보였다.

아저씨와 나는 빨랫줄에 걸쳐 있는 헌 옷가지처럼 멀거니 앉아 있다.

아저씨는 한참 만에 입을 열었다.

—선의로 했던 것이 나쁜 결과를 가져올 수도 있어.

아저씨는 수북이 쌓여 있는 결점두를 멍 때린 눈으로 바라보며 말했다.

—솔직히 말하면, 경찰들에게 모른다고 한 것이 선의는 아니었어. 무관심이지. 괜한 거에 엮이고 싶지 않은, 하아~.

아저씨가 나를 돌아보며 말했다. 어쨌든 그날 밤 나도 그 자리에 함께 있었다. 텐트남의 죽음에 일조했다는 생각이 들어 겁났다. 누군가 카페 문을 밀고 들어와 책임을 추궁할 것 같았다.

벨기에 겐트의 소년과 다르지 않은 죽음이 눈앞에서 재현되었다. 텐트남의 죽음은 결코 먼 데 있는 일이 아니라고 나에게 쥐어지르는 것 같았다. 오후 내내 체한 것처럼 속이 딱딱하게 뭉쳐 있다. 숨을 크게 쉬어 봐도 갑갑한 건 마찬가지였다.

집에 돌아왔을 때 엄마도 보라도 보이지 않았다. 엄마에게 전화를 걸었지만 받지 않았다.

어젯밤 엄마는 떠나지 않겠다고 했다. 다만 나 보고 잘난 척하지 말라고, 그렇게 다 아는 눈빛으로 어른인 척하는 게 부담스럽고 싫다고 했다.

그런데.

무릎이 푹 꺾였다. 아무도 없는 텅 빈 집. 방금 전의 공포가 근거 없는 것이 아니었다. 불길한 예감은 늘 빗나가지 않았다.

비닐 장판 위에 쪽지가 보였다.

'당분간, 보라 데리고 간다.'

당 분 간.

이대로 보라와는 이별인가?

엄마가 이 집을 처분하면 나는 어디로 가야 하는 것일까. 텐트를 사서 방물다리로 가야 할까? 아니면 언제 닥칠지 모르는 기상이변을 피해 어디 시설로 가야 하는 것일까?

불도 켜지 않은 채 방바닥에 등을 대고 누웠다. 서늘한 냉기가 등골을 타고 올라왔다. 구석구석 어둠이 들어차고 나도 완전히 어둠 속에 묻혔다. 내가 여기 있다는 것을 세상 사람 아무도 모를 것 같았다. 벨기에 겐트에서 소년이 굶주림으로 죽어가는 것을 아무도 몰랐던 것처럼. 다리 아래서 텐트남의 체온이 식어가는 것을 아무도 모른 것처럼.

두꺼운 이불을 꺼내 머리끝까지 올려보았다. 숨이 막혔다.

친엄마의 장례식이 끝난 후 짐을 싸기 위해 집에 돌아왔을 때, 숨 막히던 정적의 냄새가 났다. 되새기고 싶지 않았지만 그때의 기억이 고스란히 살아났다. 친엄마가 영영 내 곁에 돌아오지 않을 거라는 생각을 하자 숨이 쉬어지지 않았다. 이곳에서 엄마와 살았던 것이 진짜였을까? 엄마와 함께했던 시간이 꿈처럼 현실감 나지 않았다.

어쩌면 보라와도 이렇게 영영 이별이 될지도 모른다.

앞으로 나는 어떻게 되는 것일까.

까만 어둠이 이마와 가슴을 짓눌렀다. 밤이 깊어갈수록 어둠의 무게는 더해갔다. 가슴이 뻐근해져 숨 쉬기가 버거웠다.

귀밑이 축축했다.

# 어쩌면 이별

카페에는 이규와 이규의 멘토가 와 있다.

— 어이, 연두콩. 제법 네 손님이 늘고 있는데.

아저씨는 카페에 들어서는 나를 향해 부러 방뜬 목소리로 말했다. 텐트남 사건 이후 아저씨는 모든 걸 오버스럽게 했다. 나를 대할 때는 유독 심했다. 나는 아무 말 하지 않기로 했다. 아저씨도 안간힘을 쓰고 있는 걸 안다.

하교 시간에 맞춰 왔다고 했다. 이규의 목에는 카메라가 걸려 있다. 이규는 아저씨에게 내가 왔다는 소리를 듣고 활짝 웃었다.

— 누나, 어느 쪽에 있어요?

이규의 목소리는 아주 다정하면서 생기로 가득 차 있다. 이게 편지의 힘인가? 이제 두 번째 만남인데도 어제 만난 듯한 익숙함과 친밀감이 묻어

났다.

이규가 안테나처럼 손을 내밀어 방향을 잡으려고 했다. 이규의 손을 잡았다. 이규는 악수하듯 내 손을 잡고 흔들었다.

—안녕?

이규의 멘토였다. 대학생이라고 했다. 검은 뿔테 안경 너머로 연신 웃는 모습이 영락없는 상냥한 교회 오빠였다. 스스럼없이 오빠라고 부르라 했지만 속으로 싫다고 했다. 오빠라는 호칭이 입에 붙지 않은 생경스러움도 있지만 그런 수직적인 호칭이 싫다고 말하고 싶었다. 그렇지만 하지 않았다.

내 옆모습은 멘토가 찍은 거라고 했다. 이러저러한 행사에서 인물 사진 일을 알바로 하는데 일일 멘토 스냅사진을 찍어서 기념으로 남겨주는 것이 자기 할 일이라고 했다. 한쪽 눈이 실명되면서 시각장애인에 대한 생각을 하게 됐다고 한다. 처음엔 세상을 다 잃은 것처럼 절망했는데 불현듯 잃어버린 거에만 집착하는 자신을 발견했다고 한다. 남아 있는 눈으로 다른 누군가의 눈이 되어준다면 잃어버린 눈, 그 이상의 역할을 하는 거란 생각이 들어서 이규네 학교로 찾아갔다고 한다.

본의 아니게 이규의 편지를 옮겨 쓰는 것도 연두의 손편지를 읽는 것도 자기의 역할이라며 웃었다.

—한 번쯤 와서 인사는 해야 할 것 같아서.

—아, 네.

멘토의 사연이 주는 무게감 때문에 가슴이 먹먹했다.

—손편지 주고받는 게 특별해 보여서 부럽기도 하고.

멘토는 쑥스러운 듯 머리를 긁적이며 말했다.

이규와 천변으로 나섰다. 둑길에서 하천으로 내려가는 돌계단을 조심스럽게 밟으며 텐트남의 죽음이 있던 곳을 흘낏거렸다. 어떤 흔적도 남아 있지 않았다. 텐트남의 죽음 같은 건 물살이 흘러 다음 물이 내려오는 것처럼, 혹은 어제 내린 빗방울 위에 다른 빗방울이 내리는 것처럼 자연스럽게 묻혀 갔다. 이규와 함께 아무렇지 않게 천변으로 향하는 돌계단을 밟고, 바람을 맞으며 시원하다고 생각하고, 탁 트인 공간을 보며 좀 더 크게 심호흡을 하고. 놀랍도록 빠르게 두루내에서의 일상성을 회복해가는 나를 보며 스스로 놀라웠다.

모래톱이 있는 곳까지 걸었다. 백로와 왜가리, 운이 좋으면 재두루미가 올 수도 있다. 이규는 내가 설명하는 대로 귀 기울이며 잔뜩 기대하는 표정이었다. 징검다리를 건너게 하고 싶었지만 자칫 발을 잘못 디뎠다간 위험할 수도 있어서 그만두었다. 물길 바로 위에 놓여 있는 조붓한 시멘트 다리로 이규를 안내했다. 냇물 한가운데라고 하자 아주 좋아했다. 이규의 머릿속에는 어떤 물살과 어떤 물빛이 흐를까?

—말해봐.

—뭘요?

—네 머릿속에 흐르는 물빛.

—맑아요. 바닥의 노란 모래가 보이고요, 까맣고 하얀 자갈들이 물살에 일렁거리며 반짝거리고요. 물고기도 있어요. 누나가 말한 왜가리나 백로도 있고요.

—그랬으면 좋겠다.

—아니에요?

—아니. 조금 비슷.

이규와 나는 다리 아래로 발을 늘어트렸다. 한 뼘 아래에 물이 흐른다. 다리 기둥에 부딪힌 물살이 회오리치며 흐른다. 이규가 말한 거와는 다르게 물속이 보이지는 않는다. 물빛은 시푸르고 탁하다.

—두렵지 않아?

이규에게 물었다. 이규는 고개를 내밀어 바람 속에 녹아든 물 냄새를 맡았다. 표정이 맑았다.

—뭘요?

—안 보이는 거.

—…….

—미안, 정말 미안해. 그런데 진짜 궁금해서.

—뭐 어쩌겠어요. 안 보이는 걸 보이게 할 수는 없잖아요. 그리고 안 보여서 두렵지 않은 것도 있어요. 보이는 게 오히려 무서울 수도 있는 거잖아요.

이규네 학교에 처음 갔을 때 내가 느꼈던 두려움 같은 것 아닐까. 보이는 내가 보이지 않는 이규 친구들을 두려워했으니. 보이지 않는 그들이 나를 못 볼 것에 대한 두려움이 컸다.

—누나가 편지에 그랬잖아요. 어차피 잘 모르는 것, 아직 오지 않은 것에 대한 두려움은 가질 필요가 없다고 한 것 같은데.

그래. 아직 오지 않는 시간에 대한 두려움은 갖지 않기로 하자. 어젯밤, 생각의 생각에 꼬리를 물고 늘어지는 두려움에 지칠 무렵, 겨우 내린 결론이었다. 지레 겁먹고 쫄지 말자고 다짐하며 다잡는 중이다.

저지대에서 텐트남 사건은 빨리 잦아들길 바라는 것 중 하나였다. 특히 이곳에 땅을 가지고 있거나 건물이 있는 사람들은 말이 떠도는 것조차 싫어했다.

오랫동안 비어 있던 온누리 전파사 자리도 세가 나갔다. 셔터가 올라가고 잠겨 있던 문이 열렸다. 추레했던 온누리 전파사 간판이 뜯겨나가고 목판에 서각한 '궁리광장' 간판이 붙었다. 어떻게 보면 카페 이상과 분위기가 그다지 달라 보이지 않았다. 당구대 같은 커다란 책상과 스탠드 몇 개, 의자 몇 개, 이름을 알 수 없는 공구가 들어있는 공구함이 다였다. 뭘 하는 곳인지 모르겠지만, 간판은 멋졌다. 붉은 목판에 손글씨체를 그대로 살려 음각했는데 뭔가 격이 있어 보였다. 까치집 짓다 만 듯 꺼벙하고 엉성하게 건물 외벽에 붙어 있는 '이상' 간판과는 차원이 다르다.

아저씨가 밀크티와 커피를 대접하며 궁리광장 사람들과 인사를 텄다.

직원은 세 명이고 일손이 필요할 때마다 객원을 쓴다고 했다. 궁리하여 만든 것은 무엇이든 작업할 수 있는 수작업 공방으로 생각하면 된단다. 좀 더 풀어서 말하면, 생각을 보이게 하는 작업실. 누구든 무엇이든 노동력과 작업실과 공구가 필요하면 저렴하게 빌려줄 수 있단다. 노동력과 공간과 도구의 공유, 일명 공유경제를 실험해보고 싶은 젊은이들이 모인 곳이란다. 카페가 자리를 잡고 골목이 살아나면, 비슷한 분위기의 상가가 형성된다더니 그 시작인 것 같았다.

궁리광장 대표와 얘기를 나누던 아저씨 얼굴이

점점 어두워졌다. 궁리광장의 월세는 카페보다 훨씬 비싸다. 사실 궁리광장 세가 카페보다 센 것은 시세로 따져도 카페 월세가 터무니없기 때문이란다. 거기에다 헐한 보증금을 듣고 궁리광장 대표는 두 눈이 휘둥그레져 거저 있는 거나 마찬가지라고 했다.

아저씨는 애초에 입주 조건을 문서화해놓지 않은 게 영 꺼림칙하다고 했다. 처음 가게를 세놓을 때와 지금은 사정이 달라졌기 때문에 건물주의 마음이 어떻게 변해 있을지 알 수 없다는 것이다. 궁리광장 대표의 말에 의하면 곧 카페 월세도 조정에 들어갈 수 있다고 건물주끼리 얘기하는 것을 들었다고 한다. 그만한 매출이면 가능하다는 것이다. 아저씨는 터무니없이 세를 올리면 어쩌나 하는 생각이 들었고 무엇보다 계속 이곳에서 카페를 할 수 있을지 걱정이라고 했다.

안 좋은 일은 늘 한꺼번에 왔다. 신이 있다면 마치, 견뎌봐, 이것도 견딜 수 있어? 네가 어디까지 견딜 수 있는지 지켜볼 거야, 하는 것 같았다. 뒷짐 진 신의 손에는 다음 고난의 카드가 또 그 다음의 카드가 쥐어져 있을 것이다.

당분간이라고 했다. 당분간은 얼마만큼의 시간을 말하는 걸까. 다음 날, 그다음 날도 밤늦게까지 보라를 기다렸지만 돌아오지 않았다. 보라와 먹으려고 차려놓은 저녁 밥상 옆에 앉았다. 시간이 지날수록 자꾸만 내 몸이 작아지는 느낌이 들었다. 불도 켜지 않은 채 오도카니 앉아 돌아올 사람이 없는 집을 지켰다.

엄마에게서 전화가 온 건 며칠이 지나서였다.

— 보라가 몸이 안 좋다.

엄마의 목소리가 착 까부라졌다.

— 많이 안 좋아요?

— 며칠 더 데리고 있어 보면 알겠지. 지금은 약 먹고 잔다.

'엄마가 집으로 들어오시면 안 되는 건가요?'

나는 차마 말을 꺼내지 못했다.

'사실은요, 무섭거든요. 이 집에 혼자 있는 것도 그렇지만, 이대로 영영 혼자가 될까 봐 무섭거든요.' 라고, 징징대고 싶었다. 그렇지만 하지 않았다.

— 일하는 중간 중간이라도 보라를 봐야 할 것 같다.

생각보다 보라 상태가 심각한 것 같았다. 엄마는 말끝마다 따라 붙는 팔자타령 같은 말은 붙이지 않고 전화를 끊었다. 나는 동아줄이라도 되는 양 전화기를 부여잡았다. 수화기를 내려놓으면 보라와 다시는 연결되지 않을 것 같았다. 수화기 위로 눈물이 떨어졌다. 등신같이 또? 화가 치밀어

올랐다. 아무 소용도 없는 눈물을 흘려서 뭘 어쩌겠다고? 지금 이 상황에 눈물은 하나도 보탬이 되지 않는다. 아니 늘 그랬다. 눈물은 거추장스럽고 불편한 부산물이었다.

아저씨에게 보라가 떠난 것을 말하려다가 그만두었다. 카페 월세 문제로도 버거울 것 같았다.

마농이 커다란 트렁크 가방을 끌고 나타난 것은 중간고사 기간을 며칠 앞두고서였다. 공항 가는 길이란다. 하던 공부를 마저 마쳐야겠다는 생각이 들어서 프랑스로 돌아간다고 했다. 그렇지만 다시 돌아올 거라고 했다. 그때는 지금과는 다를 거라고 했다.

한국에서 지내는 동안 만났던 사람들이 많이 생각날 거라고 했다. 특히 카페 이상은 그 어디보다 따듯하고 고마운 곳이라고 했다. 어떻게 하는 것이 나와 나를 낳은 어머니, 그리고 나를 기른 프랑스 어머니를 기쁘게 하는 것인가 생각해보았다고 했다.

마농은 아저씨와 오랫동안 포옹을 했다. 그런 뒤 나를 꼭 끌어안았다. 눈물이 올라왔다. 마농의 눈에도 눈물이 그렁했다. 이번에는 내가 마농을 덥석 안았다. 언제나 누구도 잡을 수 없다는 것을 알지만, 가지 마세요, 라고 할 수 있다면 좋겠다는 생각을 했다.

나를 기쁘게 하는 것, 나를 낳은 엄마를 기쁘게 하는 것, 나를 길러준 엄마를 기쁘게 하는 것. 무엇보다 나를 기쁘게 하는 것……, 나는 마농의 말을 오랫동안 곱씹어보았다.

마농이 떠나고 얼마 뒤 빨간 우체통으로 마농의 편지가 도착했다. 지금 박사 과정을 밟고 있다고 했다. 세계적으로 입양을 많이 하는 다인종 국가인 프랑스의 톨레랑스와 그와 상반된 배타적 국민 정서에 대해 논문을 쓴다고 했다. 아저씨에게 입양에 대한 몇 가지 자료를 구해 달라는 부탁도 있었다. 아저씨는 어느 때보다 표정이 밝았다. 마농이 떠난 후, 오랫동안 마농의 소식을 기다린 사람처럼 뭔가 달라 보였다. 마농의 편지 말미에는 프랑스 말로 'Je t'aime(사랑해)'라고 쓰여 있다. 그 옆에 연두, 이상이라고 쓰여 있다. 아저씨에게 한 말인지 나에게 한 말인지 모르겠다. 사랑은 유일할 때 유효한 것 아닌가, 하는 생각을 한다. 오직 당신. 너희가 아니라, 너.

아무래도 아저씨 마음에 마농이 들어선 게 아닐까 싶다. 유일하게. 아저씨는 마농이 떠난 후 불어 사전을 펼쳐놓고 불어 원전을 읽기도 했다. 나도 제2 외국어로 불어를 택했다. 연두콩우체통이 아니라 마농우체통이라고 붙일 만큼 마농에게서 편지가 자주 왔다. 아저씨는 마농의 편지를 읽고 또 읽으며 웃었다. 맞춤법 틀린 것을 일일이 지적하며 그게 무슨 큰 장기라도 되는 양 기특해하며 웃었다. 그것도 아주 사랑스러운 눈빛으로.

아저씨는 마농이 떠나고도 전단지를 만들어 카페에 비치했다. 어느 날은 자전거에 싣고 나가기도 했다.

유겸이는 내 옆에 앉아 책을 읽고 있다. 카페에 있는 책을 한 권씩 떼고 간혹 달라지는 창밖의 풍경을 그림으로 남겼다. 알바가 끝나면 우리 집으로 내려가 라면을 끓여 먹기도 했다. 보라가 엄마에게 간 것을 알고 유겸이는 밤늦도록 있다가 돌아가곤 하였다. 집에서는 독서실에 있는 거로 안다고 하지만 가끔 방물다리 근처에서 서성거리던 여인과 만나 함께 가는 걸 보면 저지대에서 있다 가는 걸 아는 것 같았다.

어떤 날 나는 유겸이에게 마농의 얘기를 해주었다. 또 어떤 날은 이규가 했던 말과 멘토님의 한쪽 눈에 대한 얘기도 들려주었다. 그런 날은 내 마음이 유난히 약해진 날이기도 했다. 그럴 때마다 유겸이는 놀란 눈으로 고개를 주억거리며 많은 생각을 하는 듯했다.

그러다 어느 날은 유겸이에게 이런 말을 건넸다.

— 있잖아, 그 선배를 만나보면 어때?

그게 어쩌면 유겸이의 상처를 빨리 아물게 할 수도 있다는 생각이 들었다. 유겸이는 그 말에 움찔하는가 싶었지만 역시나 아무 대답도 하지 않았다. 그렇지만 생각이 많아지는 것 같았다.

아저씨가 건물주보다 빨리 만나게 된 것은 법원에서 날아온 경매 딱지였다. 건물주가 몇 년 전부터 주식에 손을 댔던 모양이라고 궁리광장 대표가 말했다. 궁리광장 대표는 오히려 잘된 건지도 모른다고 했다. 확률은 반반이라고 했다. 어차피 이 건물은 카페로 인해 가치가 올라갔으니 새 주인이 온다 해도 내치진 않을 것이며 세도 터무니없게 올리진 않을 거라고 낙관적으로 말하다가 그 반대일 경우도 배제할 수 없다고 했다.

아저씨는 옥상에 올라가 담배를 피웠다. 아저씨가 담배를 피우는 건 처음 봤다. 왼손에는 담배를 들고 오른손은 허리에 얹고 고개를 떨어뜨릴 것처럼 길게 숙이고 두 발은 왔다 갔다 하며 생각에 잠겼다.

손님이 왔다고 말하기 위해 옥상이 보이는 계단 중간까지 올라갔다가 그냥 내려왔다. 담배 한 개

비 피우고 나서 아저씨는 다시 카페로 올 것이다.

마지막 손님이 가고 난 뒤 핸드픽을 하는 내 등 뒤에 대고 아저씨가 물었다.

— 연두야, 카페 이름이 왜 이상인 줄 아니?

손을 멈추고 아저씨를 돌아보았다.

— 네가 생각하기에 좀 시시할 수도 있겠다는 생각이 들어서 말을 안 했는데.

역시나, 내 예상이 빗나가지 않을 모양이다.

— 그냥 소박해. 뭐뭐 이상이면 좋겠다 정도.

김이 빠졌다.

천재 시인 이상도 아니고 도달할 수는 없지만 잃어서는 안 되는 이상도 아니고 유토피아도 아니고 그냥 뭐뭐 이상이면 돼, 하는 그 이상이라니.

어느 정도 예상은 했지만 맥이 빠졌다.

— 왜? 실망이냐?

— 아니 뭐, 꼭 그런 건 아닌데요.

내가 뒷말을 찾기 위해 머뭇대자 아저씨는 개의치 않고 말을 이었다.

— 근데 말이야, 그 뭐뭐 이상이 되는 게 쉬운 세상은 아니라는 생각이 자꾸만 든다. 기준점이 터무니없이 높지도 않은데 말이야.

나도 뭐뭐 이상이 쉽지 않은 걸 안다. 그게 얼마나 높은 것인지 안다. 나는 언제나 이하였으니까. 아니 늘 바닥이었으니까.

—난 그냥, 나 스스로를 내가 착취하지 않으며 소박하게 살고 싶을 뿐이야.

사각 쟁반 위에 소복하게 담긴 생두를 본다. 콩을 고를 수 있는 시간이 몇 번 남아 있지 않을 수도 있다.

—나는 다만 이 동네가 좋은데. 그 이상도 그 이하도 아닌데 말이야. 으흐흐.

아저씨 웃음소리는 점점 힘이 빠져 웃는 소리 같지 않았다.

카페 이상이 열리지 않았을 때도 나는 살았고 엄마와 보라를 만나지 않았을 때도 나는 살았다. 불량두를 하나씩 집어낼 때마다 되뇌었다. 괜찮다, 괜찮다, 괜찮다고.

사각 쟁반 위로 고개가 저절로 늘어졌다.

—연두콩, 그러다 쟁반 속으로 들어가게 생겼다.

나는 뻐근해진 고개를 들어 아저씨를 바라보았다.

—그렇다고 너무 기운 빼지 마라, 내가 미안하잖아, 어떻게 되겠지.

내가 아저씨에게 하고 싶은 말이었다. 어떻게 해볼게, 라고 말할 수 없는 아저씨의 심정이 읽혀서 마음 아팠다.

핸드픽을 마칠 즈음, 유겸이가 숨찬 얼굴로 카

페에 나타났다. 뭔가 좀 달라 보였다. 출입문에 얼굴만 내밀고 아저씨에게 말했다.

— 연두, 5분만 빌릴게요.

유겸이의 달라진 분위기에 나도 아저씨도 벙찐 표정이었다. 유겸이와 나는 방물다리로 향했다. 낮보다 식은 바람이 서늘하게 불었다. 가로등 불빛을 받은 벚나무의 버찌가 까맣게 반들거렸다.

— 나를 좋아했대, 내 친구가 아니라. 하하하.

유겸이가 웃었다. 처음으로 소리 내어 웃었다. 놀라서 유겸이의 얼굴을 살피며 물었다.

— 그 선배, 만났구나?

그간 내색 하나 없이. 유겸이도 자기와의 싸움으로 치열한 시간을 보낸 것이다.

— 근데 그게 왜 그렇게 시시하고 비겁하게 들렸는지 몰라.

뜻밖의 반응에 유겸이의 얼굴을 살폈다. 유겸이는 간결해진 얼굴로 혼잣말하듯 다음 말을 쏟아냈다.

— 선배와 헤어지고 돌아오면서 알았어. 사실 내 친구와 난 그 선배가 중요한 게 아니었어. 우리 서로가 중요했던 거지. 일종의 질투였어. 그 선배를 향한 서로의 마음을 질투했던 거야. 내가 아니고 왜 그 선배야? 네 곁에 왜 내가 아니고 그 선배인 거야? 하는. 이제까지 문제가 무엇인지 정확

히 모른 채 싸웠다는 생각이 들어 조금 허탈했어. 웃기지 않냐?

유겸이는 동의를 구하듯 나를 바라보았다.

—나를 괴롭혔던 동아리 부원들은 중요하지 않아. 내가 그들을 위해 존재한 건 아니니까. 그들에게 잘 보일 필요도 없는 거고. 절친을 잃은 게 가장 힘든 거였고, 그 친구와 점점 멀어지는 게 두려우면서도 아무것도 하지 않은 채 방치했다는 걸 알았어. 주변에서 엉망으로 만들어가는 걸 알면서도 거기에 휩쓸려버린 거지.

어딘가 달라졌다고 느낀 건 유겸이의 눈빛 때문이었다.

—이젠 그 친구를 만나도 될 것 같아. 작년 겨울, 이곳으로 이사 오기 전, 그 친구가 찾아와서 우는데, 쇼하지 말라고 했어. 난 그때 아무것도 안 보이고, 아무것도 안 들렸거든. 그 친구가 말없이 우는 모습조차 소름끼치도록 위선으로 보였어. 세상 모든 것이 색깔을 잃은 거처럼 어떤 것도 의미가 없었고 매 순간 죽고 싶다는 생각으로 가득했었으니까. 얼마 전까지도 그랬지만.

유겸이가 말없이 내 손을 꼭 잡았다. 고맙다는 말은 생략했다는 것을 알 수 있다.

엊그제 내린 비로 다리 아래 흐르는 물소리가 커져 또랑또랑하게 울렸다.

## 살아 있는 것들의 리듬

엄마에게서 전화가 온 건 중간고사를 마치고 집에 도착했을 때였다. 벚나무의 버찌가 농익어 보도 위로 떨어지고 짓이겨진 먹색 버찌를 밟지 않기 위해 겅중겅중 뛰다시피 걸어 녹슨 대문을 열었을 때, 전화기가 숨 가쁘게 울렸다.

병원 응급실이라고 했다. 학교에서 보라가 쓰러졌다고 했다. 수화기를 내려놓자 정신이 아득해지는 느낌이 들었다. 캄캄한 동굴로 떨어지는 기분이 이럴까. 마당으로 얼비쳐드는 햇빛은 점점 멀어지고 저지대의 우리 집은 까만 굴 속으로 떨어지는 느낌이었다. 쪽마루에 햇빛이 아주 사라질 때까지 가만히 있었다. 마당 안에 남은 빛들이 모두 사라질 때까지 우두커니 앉아 있었다.

카페 문을 열고 아저씨를 찾았다. 아저씨는 핸

드밀을 돌리고 있다.

— 아저씨 보라가요.

— 응, 뭐, 보라가 왜?

— 병원에 있대요.

나는 담담하게 말했다.

— 왜?

— 학교에서 쓰러졌대요.

나는 더 담담하게 말했다.

— 왜?

— 모르겠어요. 그래서 오늘 알바는 어렵겠어요.

— 야, 인마, 지금 알바가 문제니? 빨리 가봐.

고개를 숙여 인사한 뒤 카페를 나섰다.

나는 보라가 아프다는 걸 받아들이지 않기로 했다. 최대한 아무렇지 않게, 호들갑이나 눈물 같은 것도 보이지 않기로 했다. 그러는 순간 또 다음 카드가 수면 위로 올라올 것이다.

병원으로 가기 위해 둑길로 나섰다. 눈에 들어오는 모든 것들이 내게서 등을 돌리는 것 같았다. 발걸음을 뗄 때마다 그 모든 것의 뒷모습이 보였다.

햇볕은 따스함, 밝음, 윤기, 생동감이 아니라 반사적이고 차가우며 냉정한 금속성이다.

나무는 견딤, 든든이 아니라, 침묵이며 방관자

이다.

풀은 부드러움, 친절함, 생기가 아니라 비웃음의 모션이다.

새는 소통, 재잘거림이 아니라 비아냥거림이다.

다리는 연결, 화해, 생존, 풍요가 아니라 단절, 구분, 내몰림의 상징이다.

바람은 호흡, 생명, 키움, 부드러움이 아니라 매몰참이며 내침이다.

물결은 속살거리는 게 아니라 조롱이다.

그간 호의로 해석했던 사물들이 그것마저 허락하지 않는 듯했다. 나도 그것들에게 만만히 보이지 않기로 했다.

나에 대한 값싼 연민도 집어치우기로 했다. 나에게 잃어버리거나 채워지지 않은 거에 대한 일말의 동정 같은 것도 일어나지 않게 할 것이다.

응급실에 누워 있는 보라의 낯빛은 파리했다. 유난히 푸르스름한 눈 밑 때문에 더욱 수척해 보였다. 머리맡에는 크기와 색깔이 다른 주사액이 여러 개 걸려 있다. 보라가 힘없이 손을 뻗어 내 손을 잡았다.

—괜찮아?

내가 보라의 얼굴을 살피며 물었다. 보라는 힘

없이 고개를 주억거렸다.

엄마와 함께 의사가 응급실 문을 열고 들어왔다.

재생불량성빈혈.

면역력 억제에 들어갔기 때문에 무균실 입원을 준비해야 한단다.

—어머니, 그간 보라 입원시켜야 한다고 몇 번이나 말씀드렸는데.

의사는 차분하면서도 냉정하게 말했다. 감정 같은 건 어떤 것도 배제한 표정이었다. 아주 객관적이면서 냉랭한 말투였다.

엄마가 말없이 보라 침상으로 다가왔다. 나를 보고 눈인사로 왔니? 하는 것 같았다. 엄마는 의사의 눈을 피하며 보라의 침상을 정리했다.

—일단 입원 준비 먼저 하세요. 아, 보라 언니인가요?

—네? 네.

의사는 보라와 잡고 있는 손을 보며 물었다.

—보호자랑 잠깐 같이 볼까요? 보라는 여기 잠깐 대기.

보라가 그 순간 내 손을 꽉 잡으며 고개를 가로저었다. 의사가 무슨 말을 하려는지 아는 것 같았다. 엄마는 죄인이라도 된 양 풀 죽은 모습으로 의사 뒤를 따랐다. 나는 보라의 손을 내떨고 의사를 따라갔다.

—보라는 나이가 어려서 골수 이식 받는 게 제일 빠른 치료법이에요. 생존율도 높고, 특히 자매 공여자의 경우 예후가 좋아요. 유전자 검사를 먼저 해봐야 알겠지만. 반일치도 가능하니까, 일단 검사 먼저 해봅시다. 그동안 엄마가 얘기 안 했나요?

화장기 없는 맨 얼굴에 헝클어진 파마머리의 의사는 아주 냉정하게 물었다. 나는 엄마를 바라보았다. 엄마는 의사를 바라보고 있다가 고개를 숙였다.

엄마의 얼굴엔 화장기가 옅게 있었지만 뽀얀 먼지를 뒤집어쓴 거처럼 초췌했다.

나는 의사 앞에 놓여 있는 차트를 끌어다 내 앞에 놓았다.

내 이름을 또박또박 썼다.

—우선 혈액검사 먼저 하자. 결과는 며칠 후에. 80퍼센트만 맞으면 행운이고 어쩌면 반 일치라도. 그 결과는 골수 채취 후에. 겁먹지 말고.

—겁 안 나요.

나는 반박하듯 짧게 답했다. 의사는 빙그레 웃으며 내 왼쪽 어깨를 토닥인 뒤 자리를 떴다. 간호사가 채혈실로 안내하는 쪽지를 쥐어주었다.

채혈실을 나와 긴 복도를 걸었다.

고호는 동생 테오에게 영혼이라도 줄 수 있다고 했다.

나는 고작 골수 정도이다.

그것도 맞아야 가능한 것이다. 입원실 복도 창밖으로 십자가에 하나둘 불이 들어오기 시작했다. 무슨 구조 신호라도 되는 것처럼 간발의 시간차를 두고 여기저기 피어올랐다. 신이 나에게 호의를 베풀어주기를 바랐다. 그건 내 곁에서 보라를 앗아가지 않는 것이다.

보라가 있는 병실로 향했다.

—하지 마. 무지 아퍼.

보라가 나를 올려다보며 말했다.

—난 아무것도 겁 안 나. 그러니까 너도 겁먹지 마.

내가 보라의 손을 잡으며 말했다.

—지난번에 의사가 하는 말 다 들었어. 내가 엄마보고 언니한테 말하지 말라고 그랬어. 엄마도 그러지 않겠다고 약속했고.

—넌 내가 무서워하는 게 뭔지 몰라.

보라가 나를 물끄러미 올려다보았다.

—뭔데?

—됐어.

—미안해.

—네가 왜 미안해? 니가 미안한 게 뭔데? 니가 왜? 니가 왜?

나는 병실 문을 밀치고 복도로 나왔다. 울지 않기로 했으니 누구에게도 눈물을 보이지 않을 것이다. 특히 보라에게는 눈물을 보이지 않을 것이다.

엄마는 복도 벽에 기댄 채 서 있다. 천천히 걸어 나오자 엄마는 내게 혼잣말처럼 물었다.

—내가 뭘 그렇게 잘못했니? 내가 그렇게 잘못한 거니?

나는 엄마를 보지 않고 서 있다. 엄마와 함께 살았던 시간이 그다지 길게 느껴지지 않았다. 시간은 왜, 지나고 나야지만 빛과 같이 빠르게 갔다는 것을 인식하는 것일까.

—아무도 잘못한 사람 없어요.

나는 단호하게 말한 뒤 엄마를 지나쳐 걸었다.

—지금 그런 말은 하나도 도움 되지 않아요.

나는 담담하고 차분하게 허공에 대고 말했다.

병원을 나와 무조건 걸었다. 한참 뒤에야 집과는 반대 방향이라는 걸 알았다.

공중전화 부스가 보였다. 동전을 넣고 전화번호를 눌렀다. 언젠가부터 되뇌었던, 몇 차례 전화하려다 그만두었던 번호였다.

—이보라 담임선생님이시죠? 저는 이보라 언니 이연두예요.

—아, 네네. 무슨 일이죠? 아 참, 보라 좀 어때요? 괜찮아요?

—지난번 전화기 분실 사건요.

—아, 네?

—보라한테 사과하셔야 하는 거 아닌가요?

—네? 뭐라고요?

—신지구 아이들도 보라에게 사과하게 해야죠! 그래야 하는 게 맞는 거 아닌가요?

—아, 그게요.

—사과하시라고요. 사과하셔야 한다고요.

열에 찬 목소리로 그렇지만 최대한 누르며 소리쳤다.

—여보세요. 일단 학교로 오셔서 말씀하시죠? 보라는 좀 어떤가요? 병원은 어디죠?

수화기를 내려놓았다.

전화기 아래 주저앉았다. 손바닥에 땀이 흥건했다. 몹시 추웠다. 이마는 후끈거리고 어금니가 딱딱 부딪혔다.

후텁지근한 밤공기가 얼굴과 팔다리에 들러붙었다.

방물다리 근처에서 얌이를 보았다. 얌이가 살

아 있다니. 얌이 뒤를 따르는 새끼 고양이 때문에 깜짝 놀랐다. 네로와 똑 닮았다. 내가 다가가자 얌이는 빠르게 몸을 피해 골목으로 사라졌다. 그 뒤를 발발거리며 작은 네로가 따라붙었다. 보라가 얌이를 보았다면 네로 생각이 나서 울었을 것이다. 나는 울지 않았다. 울음이 나올 것 같은 것을 참아내는 것도 아니었다.

방물다리에 찍혀 있는 발자국을 본다. 그대로다. 그때 거기 내가 있었고, 지금도 나는 여기에 있다. 발은 그때나 지금이나 더 자라지 않았다. 그런데 지금은 울지 않는다. 후에 말라버린 눈물 때문에 내가 얼마나 힘들어할지는 모르겠다. 스무 살이 넘고 서른 살이 되어 툭하면 울던 나를 몹시 그리워할지도 모른다.

방물다리를 담담한 걸음걸이로 건넌다. 다리 중간쯤으로 갈수록 바람은 거세졌다. 걸음을 멈추고 두루내를 바라보며 바람을 맞았다.

행여나 또다시 눈물이 흐른다 해도 바람이 말려줄 거다. 바람은 불고 지나가고 또다시 불어오니까.

―보라는?

카페에 들어서자 아저씨가 앞치마에 손을 닦으며 황급히 물었다.

—제 골수가 필요하대요.

내가 차갑게 말했다.

구겨진 앞치마 속에 손이 멈추고 아저씨의 입이 살짝 벌어졌다. 그렇게 한참 동안 나를 살폈다. 나는 아무렇지 않게 앞치마를 두르고 아저씨가 닦다 만 찻잔을 닦았다.

며칠 있으면 혈액검사 결과가 나올 것이다.

그즈음, 아저씨에게는 두 개의 선택지가 생겼다. 하나는 궁리광장 대표의 제안이었고 하나는 마농이었다.

비어 있는 궁리광장의 2층을 카페로 쓰면 어떻겠냐고 했다. 세는 궁리광장의 삼분의 일 정도만 부담하면 되기 때문에 지금의 세와 다르지 않을 거라고 했다. 이미 카페 이상의 마니아층이 있는 터라 2층으로 간다 해도 크게 변할 건 없다고 했다. 거기다 천변의 뷰를 더 즐길 수 있지 않겠냐며 궁리광장 대표가 들떠서 말했다.

또 하나의 제안은 마농의 편지 속에 있다. 프랑스에서 파티시에 과정을 밟아보면 어떻겠냐는 것이다. 페이스트리 요리사 과정을 거치면 페이스트리나 디저트 음식을 할 수 있으니 이상의 커피와 잘 어울리는 일이 될 거라고 했다. 마농 쿠키가 그랬던 것처럼.

실은 양부모님이 프랑스에서 디저트 관련 일을 하는데 한국에서 신세 진 얘기와 카페 이상의 분위기를 듣고 단박에 반해 적극 권한다고 했다. 아카데미 비용은 부담 갖지 않아도 좋다는 제법 구체적인 내용의 제안이었다.

마농의 편지가 오면 아저씨와 나는 머리를 맞대고 먼저 읽으려고 했다. 그러고 보니 마농의 글씨체도 아저씨를 닮아가는 것 같다. 아무래도 아저씨의 편지로 한글 쓰기를 연습하는 건 아닌가 싶다. 나는 별로 권하고 싶지 않은 글씨체다.

아저씨는 얼마간 고민을 하는 것 같았다. 아저씨가 어떤 생각을 하고 어떤 결정을 내릴지는 짐작할 수가 없다. 아저씨가 프랑스로 유학을 가는 건 더없이 멋진 일이다. 분명 머리는 그렇게 생각하는데 가슴은 그렇지 않았다. 나에게 남은 마지막 불씨마저 까막까막 사그라진다고 해야 할까. 경매 빨간딱지를 보던 날의 위협감과 다르지 않았다.

대개 일요일 오후가 되면 손님들이 일찍 빠진다. 한 주일 동안 쓸 콩을 고르고 아저씨가 지하실로 내려가 로스팅을 할 때면 나는 주방 찻잔을 정리한다.

아저씨는 주방 창가에 앉아 편지를 쓰고 있다.

아저씨가 마농에게 편지를 쓸 때는 항상 바흐의 무반주 첼로 모음곡을 듣는다. 나는 아저씨가 첼로 운율에 맞춰 생각을 하기도 편지를 쓰는 것 같기도 했다. 보라와 내가 카페 이상에서 처음 만났던 선율이다. 아무것도 첨가하지 않은 담백한 소리였지만 그 속에는 아름다움과 슬픔과 처연함과 기쁨과 환희, 절망 등이 들어 있는 듯했다. 그래서 들을 때마다 달랐다.

궁리광장 대표가 창밖에서 캔 맥주를 흔들었다. 아저씨는 편지를 밀쳐놓고 나갔다.

나는 찻잔을 정리하고 탁자의 먼지를 닦으며 천변의 벚나무를 바라보았다. 녹음이 우거지고 있다. 아주 게걸스럽게 천변의 빈 공간을 점령해 가고 있다.

아저씨의 편지가 불어 사전 아래 삐죽이 나와 있다. 편지를 보려고 했던 건 아니다. 삐져나온 부분에서 연두라는 글자를 보았기 때문이다. 사전을 들추자 아저씨의 멋 부리지 않은 글씨가 빼곡했다.

고마워요.

세상이 무척이나 실망스러울 때도 있지만

살 만한 순간도 있다는 것을 새삼 깨닫는

시간입니다.
나도 누군가에게 그런 생각을 줄 수 있다면 좋겠다는 바람이지만 잘되고 있는지는 모르겠습니다.
프랑스 부모님께 많이 감사하다는 말을 전해주세요. 멀리 계시지만 그 마음만은 가까이 있는 듯 더없이 따뜻하게 느껴집니다.
지난번 편지에 카페의 상황을 전한 것이 좀 후회스럽습니다. 공연히 멀리 있는 그대에게 걱정거리를 안겨준 것 같아서요.
여기 친구들 생각 때문에 시간이 좀 필요했어요.
물론 그대 마농이 나에게 가장 소중한 친구지만 그대가 이곳으로 다시 돌아올 것을 믿기에 여기서 그대를 기다리는 게 나의 할 일이라는 생각은 변함이 없습니다.
연두를 보며 종종 놀라기도 하지만 부끄러울 때가 있습니다.
피하지 않고 당차게 맞서는 것을 보며 가끔 그 아이의 나이를 잊을 때가 있습니다.
노점 상인들을 위해 싸우다 죽은 아버지를 보며 나는 권력과 자본에 편입하지 않겠다는 생각으로 이곳에 오게 되었습니다. 피한다고 그것이 없는 세상이 되지 않는다는 것을 요즘 실감하고 있습니다. 다시 뒷걸음질 치는 나를 보게 될까 겁이 나기도 하고요.
연두에게 우리가 아무것도 해줄 수 없지만 그 아이의 미래를 기대하는 것만으로도 힘이 되리란 생각이 듭니다.
그대가 언젠가 돌아왔을 때 근원의 냄새를 맡도록 이 자리를 지켜내는 것도 내겐 의미 있는 일이란 생각이 듭니다.
부모님께 더없이 고맙고 죄송하다는 말씀 꼭 전해주세요.

답이 늦어서 미안해요.

나는 황급히 불어 사전 아래로 편지를 밀어 넣으며 창밖을 살폈다. 두 볼이 화끈거리고 손가락 끝이 떨렸다. 심장이 세차게 두근거리며 코끝으로 더운 김이 쏟아졌다. 아저씨는 궁리광장 대표와 얘기를 나누며 맥주 캔을 기울였다. 아저씨의 머리칼이 바람에 헝클어지고 허리춤에 묶여 있는 앞치마 끈이 나부꼈다. 천변의 벚나무 잎사귀도 수다스럽게 몸을 떨었다.

내 미래를 기대해주는 누군가 있다는 것. 세찬 비바람을 맞고 있을 때 등 뒤에 따뜻한 모포 한

장이 날아와 감싸주는 기분이었다. 내가 뭐라고, 나 따위가 무엇이라고.

시선을 멀리두자 시시각각 모양을 달리하며 흘러가는 방물다리 위의 구름이 보였다. 스무 살이 되고 서른 살을 지나 마흔이 되었을 때, 나는 어떤 모양의 구름이 되어 있을까. 그 이후엔 또 어떤 빛깔의 하늘 아래 있게 될까.

나는 아침에 일어난다. 밥을 조금 먹고 교복을 갈아입고 학교로 향한다. 두루내를 무심히 바라보며 다리를 건너고 신지구 고층 아파트를 지나쳐 상가 골목을 지나 교문에 들어선다. 수업을 다 들은 뒤, 다시 교문을 나서 불이 들어오기 시작하는 상가 골목을 지나 신지구 고층 아파트를 보며 무심히 방물다리를 건너고 경매 딱지가 빨갛게 붙어 있는, 한때는 만두 가게였으며 한때는 카페 이상이었던 그 집 앞을 지난다. 오후엔 카페 이상에서 콩을 고르고 찻잔을 닦고 핸드밀을 털고 손님이 없는 시간에는 궁리광장 테이블에서 조각 나무나 자투리 가죽으로 무언가를 만들기도 한다. 저녁을 조금 먹고, 소음과 같은 라디오의 볼륨을 높이고 어디에 소용이 닿을지 모르는 책을 보기도 교과서를 보기도, 그러다 까무룩 잠이 들고 다시 일어나 찬물에 세수를 하고 아침밥을 조금 먹고 대문을 나선다.

어느 날엔가, 나에게 사회복지사가 올지도 아니면 보라와 영원히 이별할지도 아니면 카페 이상과 헤어질지도 모르겠지만, 나는 다시 학교로 간다. 자고 일어나고 밥 먹고 다시 학교로. 나는 살아 있으니까. 살아 있어야 하니까. 살고 싶으니까.

작가의 말

# 열일곱, 너에게 보낸다

안녕?

잘 지내고 있지?

너의 사정을 뻔히 알지만 그래도 잘 지내냐고 묻고 싶다. 잘 지냈으면 하는 마음이 앞서기 때문에 그냥이라도 꼭 건네고 싶은 말이다.

오늘은 어떠니?

혹여 마음이 다치진 않았니?

앞이 보이지 않는 네 미래가 불안해 오들오들 떨며 학교 가는 길은 아닌지 모르겠다.

혼자 다섯 자식 키우느라 애면글면 애쓰는 어머니 보는 게 아주 힘든 날은 아니었니?

너를 옥죄고 있는 가난이 너무나 부끄러워 고개를 숙이고 학교 복도를 걷고, 길을 걷는 건 아닌지 모르겠다. 나중에 가난은 부끄러운 게 아니란 말을 듣고 위로가 되기보다 그건 당사자가 아닐 때에만 할 수 있는 말이라고 차갑게 읊조렸던 기억이 난다. 어린 마음에 아버지가 일찍 돌아가신 것도, 집안이 형편없이 기운 것도 모두 '내' 탓이라는 생각이 들어 몹시도 위축되었던 시절이었다. 분명 그건 내가 선택한 것이 아닌데도 오롯이 내가 겪고 감내해야 했기 때문이다.

무엇보다 마흔둘에 혼자되어 어떻게든 어린 자식들을 키우기 위해 마른일, 진일 가리지 않던 어머니의 고생스러운 모습을 보는 게 몹시도 힘들었다. 내가 어머니의 자식으로 태어난 게 무척이나 죄스럽게 느껴질 정도로 미안했다. 내 존재가 마치 누군가의 삶을 갉아먹는 것 같아 항상 마음이 편치 않았다. 집안 형편을 변화시킬 수 없는 무력한 미성년이라는 것, 아직은 누군가의 보호 아래 있어야 하는 것이 몹시도 마음에 들지 않던 시절이었다.

지금 이 상황에서 내가 할 수 있는 일이 무엇일까.

어머니를 도울 수 있는 것은 무엇일까.

내가 나를 도울 수 있는 일은 무엇일까.

나를 받쳐줄 수 있는 것이 아무 것도 없다면 최소한 '나'라도 내 편을 들고 나를 받쳐줄 수 있어야 하지 않을까, 하는 생각으로 밤잠을 이루지 못하던 시절이었다.

흔히 어려움을 일찍 겪게 되면 빨리 어른이 된다고 하던데 사춘기의 방황, 또는 반항 같은 건 사치에 가까웠다. 무사히 학교에 갈 수 있는 것, 무사히 하루하루를 살아내는 것이 더 중요했기 때문에 생존 이상의 것은 생각할 필요도 없었다.

그렇게 힘든 터널 속에서 의지처가 되어준 건 소설책이었다. 틈만 나면 후미진 도서관으로 달려가 책을 빌리고 반납했었다. 소설 속 무수한 인간 군상을 만나면서 그때의 네 형편을 위로할 수 있었고 언젠가는 나아지리라는 희망을 가질 수 있었다. 소설 속 이야기를 만나며 당시 일상의 힘듦을 잊을 수 있었고 즐거움이 무엇인지 알게 되었다. 사실 지금의 내가 소설가가 된 건 열일 곱 살의 네가 있었기 때문이다.

결국 그 시간이 후에 소설을 써보겠다는 생각으로 발전하게 되었고 지금은 소설 쓰는 일을 제일 잘하고 싶은 첫 번째 일이 되었다.

그때의 너를 만나면 꼭 해주고 싶은 말이 있다.

-고마워, 그때의 너 때문에 지금 내가 소설 쓰는 사람이 되었어. 막막하고 힘들었지만 참 잘 견뎌주었다. 지금처럼 꿋꿋하게 네 방식대로 가면 후에

괜찮은 어른이 될 수도 있어.

이제껏 다섯 편의 청소년 소설을 발표했는데 '왜 청소년시기에 관심을 갖게 된 것일까' 하고 새삼스러운 질문을 해 보았다. 아주 근본적인 질문인 셈이지. 어쩌면 내 의식 속에 꼭 보듬고 치료해주어야 하는 시기가 열일곱 그 무렵이기에 그 언저리에서 서성이는 흔적을 청소년 소설로 표현하는 게 아닐까 생각되었다. 사람이 살다 보면 때때로 상처를 입게 마련이고 그 상흔이 오랫동안 치료되지 않아 힘들어할 때가 많은 걸 종종 보게 된다. 언젠가는 소환하여 스스로 위로해주고 치료해주는 시간이 필요한데 그냥 지나치거나 생각하는 것조차 힘들어 외면할 때도 많단다. 그 상처가 불쑥 튀어나와 현재 '나'의 선택을 방해하거나 주저하게 만든다면, 치료하고 가야 과거에 머물러 있지 않고 앞으로 나아갈 수 있다는 생각이 들었다. 거창하게 치료라는 말을 붙이지 않아도 그때의 기억을 소환해 최소한 냉정하게 바라보고 그 상처로부터 자신을 놓여나게 하는 시간이 필요하다는 생각이다.

살다 보면 어찌 십대 시절만 상처일까마는 산다는 것 자체가 상처의 연속이라고 생각한다면 그것 때문에 괴로워 앞으로 나가지 못한다면 그 상처의 시간을 불러내 최소한 내가 나에게 위로의 말을 건네는 시간이 있어야 하지 않을까 싶었다.

주변의 많은 사람들이 십대 시절의 자신이 선명하게 남아 있으며 그때의 '나'는 대부분 상처 투성이라는 공통점이 있었다. 유난히 예민했고 유난히 자유가 없었고 유난히 세계와의 부대낌이 심했고 유난히 어른들의 비열함과 타협적 삶의 태도에 회의스러웠고 유난히 아무 것도 할 수 없는 처지가 짜증스러웠다고 한다. 통과의례처럼 지나야 어른이 될 수 있어서 더욱 그늘이 짙은 건지도 모르겠다.

오들오들 떨고 있는 그때의 너를 내가 안아줄 수 있다면 그것으로 충분히 위로가 될 것이고 그때 보냈던 시간들을 자원으로 삼을 수 있으리라는 생각이 들었다.

습자지처럼 얇은 막 같은 감수성으로 늘 눈물바람이었던 그 시절, 이 책은 어른이 된 내가 십대의 너에게 보내는 위로의 편지쯤으로 생각해도 좋을 것 같다.

이 책을 읽고 각자의 십대에게 위로의 말을 건네며 보듬어주는 시간을 갖는다면, 저 먼 과거 속 한 귀퉁이 쭈그리고 앉아 한없이 작아져 있는 '내'가 등을 조금 펴지 않을까 싶다.

그래서 다시 힘을 내서 갈 수 있다면 기꺼이 과거의 시간과도 마주설 용기를 불러내야 한다고 생각했다.

잘 지내렴.

언젠가는 너의 이십 대의 어느 한 때, 삼십 대의 어느 한 시기를 다시 만나러 갈 수도 있고 불러낼 수도 있어. 때때로 참 성가시게 굴 수도 있을 거야. 그럼 너는 기꺼이 그때의 시행착오와 아픔과 미숙했던 선택을 숨김없이 보여주렴.

그럼 나는 또 이렇게 너에게 말을 건넬 거다.

-괜찮아, 괜찮아. 그때는 그게 최선이었을 거야.

지금의 나는 그때의 너를 충분히 안아줄 수 있도록 힘을 기르고 있어서 너를 너끈히 안아주고도 남을 테니. 그렇게 많이도 부족했던 너를 안을 수 있도록 부단히 성숙하는 걸 멈추지 않을 테니.

또 만나자.

2018년 12월, 선영

내일은 내일에게



초판 1쇄 인쇄일 | 2018년 12월 24일
초판 3쇄 발행일 | 2024년 5월 1일

지은이 | 김선영
펴낸이 | 사태희
디자인 | 박소희
마케팅 | 최금순
편 집 | 한승희
제 작 | 이승욱, 이대성

펴낸곳 | (주)특별한서재
출판등록 | 제2018-000085호
주 소 | 08505 서울시 금천구 가산디지털2로 101
한라원앤원타워 B동 1503호
전 화 | 02-3273-7878
팩 스 | 0505-832-0042
e-mail | specialbooks@naver.com
ISBN | 979-11-88912-35-3 (03810)


이 도서의 국립중앙도서관 출판예정도서목록(CIP)은 서지정보유통지원시스템 홈페이지(http://seoji.nl.go.kr)와 국가자료공동목록시스템(http://www.nl.go.kr/kolisnet)에서 이용하실 수 있습니다. (CIP제어번호: CIP2018042092)